藤村小説の世界

金 貞恵 著

和泉書院

目次

凡　例

（1）引用文については、仮名遣いは原文表記のままとしたが、漢字については、原則として通行字体に改めた。ルビは適宜省略した。

（2）本書の底本とした文献と略称は以下の通りであり、巻数と該当ページ数を算用数字で示した。

『藤村全集』→藤村

（全17巻、昭和41年〈一九六六〉1月10日〜昭和43年〈一九六八〉11月30日、筑摩書房。『別巻』、昭和46年〈一九七一〉5月30日、筑摩書房）

例（藤村5・38頁）→『藤村全集第五巻』38頁

『全集樋口一葉』→樋口

（全3巻、平成8年〈一九九六〉11月10日、小学館。昭和54年〈一九七九〉11月1日〜12月1日、小学館刊行の復刻版）

『露伴全集』→露伴

（全41巻、昭和27年〈一九五二〉10月31日〜昭和33年〈一九五八〉7月25日、岩波書店。『別巻上・下』、昭和55年〈一九八〇〉2月8日・3月28日、岩波書店）

（3）敬称は略した。

（4）本書で引用した文章には、今日の人権擁護の見地から、不適切な語句や表現があるが、歴史性、作品価値を考慮し、そのままとした。

1

『うたたね』創作の基底

『うたたね』は島崎藤村が習作の末に書き上げた最初の小説であり、かなりの野心作であった。藤村は『うたたね』を書く前にいくつかの散文を書いている。その中で、随筆、評論、紀行、紹介などを除いた物語的な、小説的要素を含むものを列挙してみると次のようである。

明治25年〈一八九二〉『夏草』（物語詩翻訳）、『故人』（小品）（『女学雑誌』所収）

明治26年〈一八九三〉『悲曲琵琶法師』『悲曲茶のけぶり』『朱門のうれひ』（劇詩）、『なりひさご』（小説）、『哀縁』（小品）、（以下全て『文学界』所収）

明治27年〈一八九四〉『草枕』（戯曲）、『野末ものがたり』『魂祭』『山家ものがたり』（小説）、『ことしの秋』（小品）

明治28年〈一八九五〉『藍染川』（戯曲）、『歌反故』『葛の葉』『二本榎』（小説）、『おもひいずるま』（小品）

明治29年〈一八九六〉『月光』（小品）

このうちで、『悲曲茶のけぶり』『魂祭』『葛の葉』『二本榎』『藍染川』は中絶作品である。これらをみると初期は戯曲に集中しそれがやがて小説にとって代わられる様子がわかる。藤村は明治29年〈一八九七〉『若菜集』での成功で近代詩人として脚光を浴びるのであるが、内心では以前から散文作家としての自立志向をしていたとみられる。このような努力の末、完成した『うたたね』であったが、それは森鷗外らによって酷評された。それ以後藤村は生涯『うたたね』について言及することなく、自ら編んだ全集にも入れなかった。

まず一葉の作品『たけくらべ』ともあわせて当代批評の内容をみてみよう。そして、一葉の作品と藤村の作品を比較してみることによってその類似面を指摘し、『うたたね』における創作基底の根拠と推測されるところを見出したい。

一　当代批評の明暗

『めさまし草』4（明治29年〈一八九六〉3月）に一葉の『たけくらべ』の批評がのっている。表現に関する批評から人物評、作品構造に対する言及まで、森鷗外・幸田露伴・斎藤緑雨の三人によって詳しく評されているが、それは一言でいえば絶賛に等しい。特に人物描写に批評の多くをさき、それを賞賛している。その人物評のところは次のようである。

篇中の人物、みどり、信如、正太郎、長吉、三五郎、龍華寺の和尚など、善くもそれ〳〵にそれ〳〵の面貌風采を読むものの眼前に在るが如く思はしむるまでに写されしものかな。みどりの活〻《いきいき》としたる、目かくしの福笑ひに見るやうなる眉つきせる三五郎の愚にして愚ながらに相応の慾も虚飾《みえ》も情も義理も知れる、正太郎が物のわかり敏きのみならず早くもひそかに美登利を思へる、長吉が生意気にて加之《しかも》気を負める、信如がくすみたる、和尚が何とも云へぬをかしき俗気満〻たる、皆よく描きも描かれたり。美登利が信如に対する心中の消息は、もとより年ゆかぬもののことなり、あらはには写し難し、さりとて写さでは済まず、（中略）信さんかへと受けて嫌な坊主つたら無い云〻と第十一章に記したる其一節、何うもしないと気の無い返事をしてと其次の節にて叙したる一句、それと見るより美登利の顔は赤うなりてと記したる第十二章の一節、（中略）これら僅〻の文字を以て、実は当人すら至極に明らかに自覚せりといふにはあらざるべき有耶無耶の幽玄なる感情を写したるは最も好し。信さんかへと初一句にはさんをつけて呼び、次の句には直ちに嫌な坊主といへるが如きは、何ぞ其の美登利の可憐にして而も作者が伝神の筆の至妙なるや。（露伴26・31―32頁）

また、その他に、「時弊に陥らずして自ら殊勝の風骨態度を具せる好文字」（露伴26・30頁）と表現に対して褒め、「遊郭近き地の自然《おのづ》と他の地と違へるさま眼に見る如く、」（露伴26・30頁）とその場所の写実性に言及し、「お前の父さんは馬だねと言はれて顔あからむる子の富家の子に追従するといへる、」（露伴26・30頁）とか、「僧の子なりといふかどにて信如に悪戯仕掛くる児の猫の死骸を縄にく、りてお役目なれば引導をたのみますと投げつけし事」（露伴26・30―31頁）など発想の奇抜さに驚いている。そして、「多くの批評家多くの小説家に、此あたりの文字五六字づゝ、技量上達の霊符として呑ませたきものなり。」（露伴26・32頁）と述べている。一葉の才能の卓抜なこと、当代の小説家に不満をもっていることが伺える。

　頓馬に対ひてお前は何故でも振られると正太郎に云はせたるは、作者まことに薬王樹を齎らして我等に仮し、人の肺腑を活けるまゝに見せたりとも云ふべし。（露伴26・32頁）

などと、その賞賛は頂点に達する。これ以後の批評にも、美登利の運命の叙述に関しては、「読み終りて言ふべからざる感に撲たれぬ。」（露伴26・33頁）と評している。また、一葉の筆の下には、「灰を撒きて花を開かする手段あるを知り得たり。われは縦令世の人に一葉崇拝の嘲を受けんまでも、此人にまことの詩人といふ称をおくることを惜しまざるなり。」（露伴26・34頁）と激賞している。そして『たけくらべ』のクライマックスのところを次のように評して全体の評を結んでいる。

　かの第十二章より第十三章に亙れる、信如が時雨ふる日に母の使に出でゝ、大黒屋の寮の前にて、朴木歯の下駄の端緒を脱かせし一段をや、猶取り出でゝ言ふべき。唯だ是れ寸許の友禅染の截片《きれ》なれど、その美登利が針箱の抽出《ひきだ》しより取り出されてより、長吉が下駄借りて信如の立ち去りし跡に紅入のいじらしき姿を空《むなし》く地上に委ねたるに至るまで、読者の注意を惹くこと、希有の珠宝にてもあるかの如くなるはいかに。（露伴26・34頁）

このような最も感動的な場面においては、希有の珠玉のようであると述べている。いかに、一葉のリアリズムが当時の文壇において新鮮なもの、貴重なものとして受け止められたかが伺える。

次に藤村の場合五年間筆を折ることになった酷評とはどんなものであったかをここで見てみる。『うたたね』評は、『めさまし草』24（明治31年〈一八九七〉2月）に掲載された。批評は大変長いもので、『うたたね』の章別に微に入り細をうがって批評している。これらをその内容別に分類すると、**①調査不足**とするもの、**②不用意な用語**とするもの、**③描写の矛盾点**の三つに分類することができる。

まず**①調査不足**とするものは、次のようである。

a 「見物の居るところに新座敷（二面）といふのがある。新仮庋のことであらう。さずき、さじき、さんじきなどいふ詞と座敷とは違ふ。見物がその座敷を叩くといふも、手摺を叩くことでもあらうか、よくは解せぬ。又見物の居るところに三階といふのがある。歌舞伎座なら知らず、明治座には千歳座このかた無いやうだ。」（露伴26・554頁）

b 「高土間にどうして戸があるやら。」（露伴26・555頁）

c 入営して留に会って話をする時、「剣を鳴らして居ると書いてある。（六五面）一年志願兵の徒歩刀は革鞘だから鳴らすには骨が折れやう。」（露伴26・559頁）

d 「上長官の軍装に、鉄砲があるか知らん。」（露伴26・561頁）

e 「一条御息所とやらが琴の会を催して」（露伴26・562頁）とあるが、「時節柄気楽な催しだ。」

（露伴26・562頁）

②**不用意な用語**とするものは、次のようである。

a「お国はあんな年をしながら芝居のわかる小一を不思議におもふとある。（七面）かう書くと小一は幼年ではなくて、老人かとおもはれる。」（露伴26・555頁）

b「芝居を見て悲しがるのをしよげるとは云はれまい。」（露伴26・555頁）

c「なアに親子だつて他人だといふ程な留さんの詞に、とてもわたしや辛防がしきれない（二四面）とある。妙に優しい。」（露伴26・557頁）

d「少佐が椽先に桃尻になつて居るとある。（中略）馬の下手といふことにしか使はぬ例だ。」（露伴26・557―558頁）

e「この変人の髪が、つや〳〵として居る内にもしつとりとした光沢を帯びて、じねんと軟な内にも又どことなく硬みがあるさうだ。（四六面）大した髪だ。」（露伴26・558―559頁）

f「四つ寝れば旅順の攻撃とある。（九九面）子供がお正月を待ちはすまいし。」（露伴26・561頁）

③**描写の矛盾点**はつぎのようである。

a「その内囃子部屋の太鼓が遠く聞える（五面）とある。囃子部屋は下座かともおもはれるが、遠く聞えるのは何故か。」（露伴26・555頁）

b「金物屋で小僧が逃げたとて、失せものがあるでもないのに、向鉢巻をするやら、血眼になるやらで探す（三〇面）とある。お米も翌日頃逃げたのだから、其方を探すときなら好いが、小僧の方では受け取りにくい。」（露伴26・557頁）

c 「少佐が家の庭の隅の草が人間の脊程も延びて、自然石の手水鉢が半ば埋れて居るとある。五行隔て、其年も暮る、とあるには不似合の景だ。」（露伴26・557頁）

d 「小一が父の宅へはいるとき、溝板を踏んで帰るとある。上長官殿裏店にでも居るのか。」（露伴26・558頁）

e 「お君の家の婆が松葉を焚付にするとある。（四三面）浜町にはめづらしい。」（露伴26・558頁）

f 「小一は途中で枯葦の中へかくれるとある。（八三面）隠れるも不思議だが、隠れられる指揮官も間抜さ加減がえらい。」（露伴26・560頁）

g 「捕虜が大木につながれて居るのを見て、細引を解いてやるとある。（八七・八八面）歩哨もないところに捕虜を置いてあるのが妙だ。」（露伴26・561頁）

h 「初めに秋狂言の事を説き出して、一生に一度は見て置き玉へ、損にもなるまいとの評判（二年十二巻二面）とは貧乏人か、田舎ものか、または書生の看劇を書くには宜しからうが、佐官の家族には奈何《いかゞ》なものであらうか。」（露伴26・554頁）

このように、延々『めさまし草』24、十頁にわたって、第一回から第十七回まで『うたたね』の全内容を細かく批評している。『たけくらべ』は六頁全部賞賛のことばで埋まっているのにもかかわらず『うたたね』の酷評は徹底している。本来なら、賞賛は長くなっても批判を微細に論ずることは珍しいのではないだろうか。しかも指摘の内容をみると、直接プロット展開に影響のある構造上の問題とか、主題に関する問題をとりあげているのでないのは一目瞭然である。また、お菊の手紙の中に、小一の逃亡事件についての感情がすこしも書いていないとか、許嫁の夫が小僧になっても、春の夢のような望みを持って居る女は違ったものだとか、かなりの皮肉をいっている。小説を額面通りにしか読んでいないのである。当代の大家がそのようにしか小説を読めないとは考えられない。なぜであろうか。

第十六、十七回の批評で、お国とお菊を下等料理店の下女位の品であるといい、お国がお菊に訴える言葉に、姉川中佐（以下、姉川の位階については、原則として引用に準じる）の心を邪推して、この姉川の家をのっ取るために、実子を殺したのだというが、自分の家を自分でのっ取れば世話はないといい、お国が毒を飲んだところへ酔った中佐が来てその残りを飲むまでの応対も、銘酒屋位の調子にできているから妙だといい、葬送の行列にお君とお菊とが菖蒲の花をもって車に乗って行くとあるが、これが最後の妙だと、妙だを繰り返しながら作品の質を落とそうとして居るようだ。これらの部分は作者の小説としての装置として見ることのできる部分であるが、それをこのように裁断している。そして、やれやれ草臥れた、と取るに足らないものを評したように言って批評を終えている。

また、『めさまし草』24の批評の出だしのことばもなんだか皮肉ったような表現になっている。以下がその冒頭の部分である。

藤村君の名を聞くのは久しいことであるが、生得新体詩といふものが嫌なので、その著作に寓目したことがない。然るにこの度小説を出されたとの事であるから、著名な藤村君にお近付になるには、復たこんな好機会はあるまいと思つて読んで見た。（中略）此作を全読するには、実に容易ならぬ苦痛を忍ばねばならなかつた。さてその読んで知り得たるところを評に書くこととなると、殆ど又前の苦痛を繰返すに似て居て、余り心は進まぬが、切角読んだものであるから、感じたところだけあらまし言つて見ることとしよう。（露伴26・553頁）

ここではっきり表れているようにこれは批評というよりは欠点捜しのように思われる。はじめから皮肉っぽくそれは最後まで一貫している。前述したように『うたたね』のテーマにかかわるような事項ではないことはその内容をみても明らかである。森鷗外・幸田露伴・斎藤緑雨は何故あえてこのような批評をしたのであろうか。筆者はこれを、文壇をリードしていた者が伸びてくる若い芽をいたずらに摘んでしまうようなことをしていたのではないのだろうかと考える。

以後藤村は五年間文壇にたいして沈黙を守ることになる。そして、黙々と小説の勉強に励んだようである。

二　藤村と一葉

藤村は陰暦で明治5年〈一八七二〉2月17日、一葉はそれからほぼ一カ月後の3月25日にそれぞれ木曾と東京で生まれている。これからわかるように、二人は文字通り「同い年」であった。二人は明治26年〈一八九三〉の一月に創刊された雑誌『文学界』によって仲間となり、北村透谷亡き後の誌面を華やかに彩る存在となった。『たけくらべ』を中心とする小説でまず一葉が文壇で認められ、その後藤村が詩で雑誌をリードして、一躍有名になる。ふたりは『文学界』を通して会ってもいるし、後に藤村は随筆や雑誌などで一葉について言及している。また、大正7年〈一九一八〉11月21日に博文館から出版された『たけくらべ』の序文も藤村は書いている。しかし、藤村が一葉を意識していたほどには一葉は藤村を意識していなかったようだが、藤村の側からは次のような一葉評がある。

女史の会話は、機智、冷嘲、同情相交つて、殆んど応接するに遑が無い位であつた。また多少物を誇大にするやうな癖があつた。世間に苦労した人だけあつて談話の間にも、人の為に嘆き、自己を嘲り、冷熱並び到るといふ趣があつた。

女史の作品が女史の生涯と密接に相触れて居たとは最も吾儕の注意を引く点である。（中略）「大晦日」あたりから急に接近して来て、「たけくらべ」となると最もよく相触れて居るらしい。

昔から好い文学は作意と生涯との接近した時に産れるやうである。多くの文学者の一生を通じて、その接近する時期は必ずしも長く継続しない。時とすると極めて短い。「一葉全集」を見ると、女史の晩年が是時期にあつたことは深く思ひやられる。（『中央公論』明治40年〈一九〇七〉5月、44頁）

これは藤村が『文学界』時代に二度一葉の家を訪ねた時の一葉の印象を語ったものである。二度とも明治27年〈一八九四〉8月である。さらにこの事実は、同年8月26日付けの平田特秃木宛書簡と9月1日付けの藤村の星野天知宛書簡からも知ることができる（藤村17・34―35頁参照）。

この文章をみると、実に細かいところまで観察している。この観察力からしても一葉に関する並々ならぬ関心をうかがうことができる。また、一葉の晩年の作品を藤村は高く評価している。「故樋口一葉」の中で「一葉は二十五歳位の若さで死んだ人でありながら、その人の書いたものを見ると、お婆さんのやうに賢い。（中略）今になつて思ふと、何か一葉の生涯には無理な所があつたやうな気がする。(1)」と記し、そして「何《ど》の作にもつよい婦人としての訴へがあつて、」（藤村13・102頁）と指摘している。

以上の文章は『うたたね』執筆から十年以上歳月はたっているが、藤村の一葉への関心は衰えていないし、記憶も生き生きしていることがわかる。お互いに親密な交際が全くなかったにもかかわらずである。(2)

しかし、これだけ一葉に関心を見せながらも、『めさまし草』での批評のことや、『うたたね』執筆当時のことについて藤村は全く口にしていない。筆者はここに『うたたね』執筆時における藤村のこだわりをみる。そして、そのこだわりがなんであるかを、一葉の作品『大つごもり』（『文学界』明治27年〈一八九四〉12月30日）、『うつせみ』（『読売新聞』明治28年〈一八九五〉8月27日—31日）、『にごりえ』（『文芸倶楽部』明治28年〈一八九五〉9月20日）、『たけくらべ』、『十三夜』（明治28年〈一八九五〉12月10日）、『この子』（『日本乃家庭』明治29年〈一八九六〉1月1日）、『わかれ道』（『国民の友』明治29年〈一八九六〉1月4日）、『われから』（『文芸倶楽部』明治29年〈一八九六〉5月20日）と『うたたね』との比較を通して探求してみるつもりである。

1　『うたたね』と『にごりえ』『たけくらべ』

『たけくらべ』は一葉が子供の世界を初めて小説にした、近代小説としては画期的な作品である。吉原界隈を舞台に、8月20日の千束神社の夏祭りから11月下旬の大島神社の酉の市にかけての季節のめぐりの中に、この地に住む子供たちの世界がくりひろげられていく。やがては遊女になるべき大黒屋の美登利と僧侶になるべき龍華寺の信如の淡い恋心の交錯を中心にしつつ、彼らをめぐる正太郎、長吉、三五郎らが織りなす子供たちの時間の消滅していくさまが叙情的に描かれている。『たけくらべ』のクライマックスである夏祭りの日の喧嘩で、額に藁草履を投げつけられた美登利は、次の日から学校に行くことをやめる。

祭りは昨日に過ぎて、そのあくる日より美登利の学校へ通ふ事ふつと跡たえしは、問ふまでもなく、額の泥の洗ふても消えがたき恥辱を、身にしみて口惜しければぞかし。（中略）これより学校へ通ふ事おもしろからず、我まゝの本性、あなどられしが口惜しさに、石筆を折り墨をすて、書物《ほん》も十露盤《そろばん》も入らぬ物にして、仲よき友と埒もなく遊びぬ。（樋口2・29—30頁）

『うたたね』ではお米が、小一の盗みを庇ったために担任から本で打たれ次の日から学校に行かなくなる。

美登利もお米も自尊心を傷つけられたからである。この二人はゆくゆくは遊女と酌婦になる。どちらも社会から疎外された存在である。しかし、美登利がそうあるべき運命にはじめからなっているのに比してお米は、主体的に自分の運命を歩いているようにみられる。剣持武彦は、論文で言及しているように、『たけくらべ』のモチーフである子供の世界が『うたたね』でも見られると述べている。(3)

しかし、その子供の世界が『たけくらべ』のようにモチーフになっているわけではない。『うたたね』では幼なじみが小一の周囲にいながら小一はいつも一人である。一人であることの孤独が、幼なじみの存在によって余計にはっきりする。それは、三年の彷徨の末、家に帰って、夕方散歩に出た時の様子でもわかる。

『にごりえ』は小石川あたりの田圃を埋めたてた新開地の銘酒屋街を舞台にして、お力という美しいが何やら内面に志を秘めているらしい私娼の、鬱屈した生と無惨な死が描かれる。盆供養の終わったある夜、源七とお力は無惨な死体として発見される。無理心中とも合意の死とも噂はしきりだが真相は分からない。『にごりえ』は一葉が亡くなる一年前に書かれた。

お力自身にも自分の生の方向は全くとらえきれていない。それは一葉自身がかかえこんで、どうにも整理のつかないものでもあった。そうした意味では、お力は一葉の内面の暗さの実体的表現だったのである。（中略）けっして社会的には救われない、人間存在がかかえこんでいる暗闇ともいうべきものであろう。一葉はこの作品で己れの内面の「にごりえ」を表出したのだが、それは人間存在の普遍性にまで深化しているわけで、そこにこの作品の重量と価値が見出せるといえよう。

と山田有策は『全集樋口一葉2』（昭和54年〈一九七九〉11月、小学館、引用は平成8年〈一九九六〉11月10日、小学館刊の復刻版による。以下同）の各小説の解説の「鑑賞」に書いている（106頁）。既に述べたように藤村は一葉に普通以上の関心をもっていた。そしてそれは異性としての関心でなく小説家一葉への関心であったと考えられる。『うたたね』執筆に『にごりえ』の影響があったかどうかは確かめる手だてがないのであるが、私はおおいにあったのではないかと推論する。以下両作品の類似したところを書き出してみる。

『にごりえ』の主人公お力は親を早いうちになくしている。『うたたね』の主人公姉川少佐、その妹お君も親はいない。また、お菊は成人する前に親を亡くしている。親がいないというモチーフは主人公達の鬱屈した内面と関係がある。お力が湯飲みでお酒を飲むのを同僚の酌婦が、「第一湯呑みで呑むは毒でござりましよ」（樋口2・120頁）という。『うたたね』ではお国が姉川にお酒を呑むのをとめる時に「毒ですからおよしなさいよ。」（藤村16・479頁）といい、砒素の入っていたのも湯飲み茶碗であった。もちろん『にごりえ』の毒というのは体に毒という意味で、毒薬の毒の意味でないことは明白である。結局命取りになるという意味では同じである。『にごりえ』で源七がお力とのことを後悔しながら「九尺二間の台所で行水つかふとは夢にも思はぬもの。ましてや、土方の手伝ひして車の跡押しにと親は産み付けても下さるまじ。あ、詰らぬ夢を見たばかりに」（樋口2・128頁）という。『うたたね』では、姉川少佐が小一を銃殺したあとの述懐で「かりそめの添寝の夢が（中略）嘆きに変つてしまつた。」（藤村16・468頁）という。ここでの両人の夢は女とのかかわりであり、それが身の破滅の原因になっている。また源七は暑さとお力への思いから、「（略）食《めし》がくへぬとてもそれは身体《からだ》の加減であらう、何も格別案じてくれるには及ばぬ故、小僧も十分にやつてくれ」とて、ころりと横になつて胸のあたりをはた〱と打あふぐ、」（樋口2・131頁）、『うたたね』の小一は、出奔から帰ってからは、「これから小一はうつら〱と日を送つて、時々は心地が悪いと御飯もいたゞかないことがある。」（藤村16・439頁）、両作品とも内面のもやもやが原因で食欲がない。『にごりえ』の「太吉はがたがたと溝板《どぶいた》の音をさせて、」（樋口2・127頁）家に帰る。小一は「溝板を力なさそうに踏んで家に帰つた。」（藤村16・439頁）。太吉も小一も一人息子であり、幸せな境遇にあるとはいえない。それを溝板が象徴しているようである。それは、お力の幼少の頃の回想のところで、「帰りには寒さの身にしみて手も足も亀《かじ》かみたれば、五六軒隔てし溝板の上の氷にすべり、」（樋口2・140頁）とあり、その時手にもっていたお米を落としてしまったので、その夜、一家は空腹で過ごし、そのときからお力の「気違ひ」（樋口2・141頁）は始まったという。溝板はこのように当時にあっては貧しさの象徴であり不幸の根元である。『うたたね』の溝板については『めさまし草』でも指摘があった。長官の家に行くのに溝板があるのかと。しかし、現実の長官の家にはなくても、不幸の象徴として考えるなら小一の家にも溝板はあるのである。『にごりえ』に出てくる酌婦常の息子与太郎の境遇と留さんとのそれはよく似ている。与太郎には父親がいるが大酒呑みで借家住まいである。母親は酌婦である留さんは父親の顔も知らない。それに母親は何をしているのかはっきりわからないが、奉公先に母親が現れるごとに留さんの口から「なあに、親子だつて他人だ。」（藤村16・430頁）という言葉が出る。母親との確執がうかがわれる。与太郎も留も不幸な生い立ちであり現在も不幸である。与太郎、留、太吉、皆父親不在であり不幸な境遇である。『にごりえ』最後のところで「新開の町を出し棺二つあり。」（樋口2・149頁）という表現がある。『うたたね』にも「三つの棺を」（藤村16・484頁）という部分がある。剣持はこの部分を強調しながら両作品の影響関係を肯定的にみている。(4) お力が結城朝之助に自身の内面を語るとき「ほんに因果とでもいふものか、私が身《み》位かなしい者はあるまいと思ひます」（樋口2・125頁）と言う。『うたたね』では小一が家出から帰って来て病気になり寝込んだ時、叔母であるお君に「どうしてわたしは斯に《こんな》薄命《ふしあはせ》なんでせう。」（藤村16・441頁）という。お力の頭痛・血の道、お国の頭痛・血の道と、持病も同じである。『にごりえ』で「大形の浴衣に引かけ帯は、黒繻子《くろじゆす》と何やらのまがひ物、緋の平ぐけが背の処に見えて、言はずと知れしこのあたりの姉さま風なり。」（樋口2・108頁）と帯が詳しく描写されている。『うたたね』でもお国の帯についての描写がある。両作品ともこの帯は女の風格を的確に表している。お力が悲しい夢をみて枕紙がびっしょりになったという。『うたたね』では小一が、寝汗が流れてそれが枕につたっている。そして、その後涙を流しはじめ、いよいよ涙はとまらない。涙の多い描写として、また悲しさの強調として枕紙や枕がぬれるという。気の強いお力は決して人前で泣かない。「泣くにも人目を恥れば、二階座敷の床の間に身を投ふして、忍び音の憂き涕《なみだ》、これをば友朋輩《ともほうばい》にも洩《も》らさじと包むに、」（樋口2・133頁）と言う具合に泣く。『うたたね』の姉川中佐は、息子を銃殺した後、ひとり遠乗りして誰もいないところで、馬の白いたてがみに自分の頭をさしいれて泣きむせぶ。そして、「こゝだ、誰も人目のない山なり野なりへ隠れて行つて、盃の酒のやうに心の悲哀を傾けたいと、」（藤村16・467―468頁）どちらも人に知られずに泣くこと、涙、思いを包むと言う表現は共通している。お力、姉川中佐の悲しみの深さを知ることができる。

2 『うたたね』と『十三夜』『大つごもり』『われから』

『大つごもり』は、両親と死別したお峰が伯父一家に養育され成人する。その伯父が病床に臥し、一家は貧苦にあえいでいる。お峰は奉公先から二円の金を借りようとするが断られる。大つごもりの日、主人の家の掛硯の中の二十円の中から二円盗む。決算の時、お峰は観念をするが、掛硯の中にお金は全くなく、先妻の子である石之助の受取書だけが入っていた。先妻の子であるが故に継母らに反抗して勘当同様の石之助は、お峰の罪を自ら背負い、彼女を窮状から解放してやるという話である。伯父の家と、奉公先である山村家、という貧富の二極を構造的に明示しつつ、お峰をめぐる人々の心理をも精細に浮彫りにしていく手法は卓越である。お峰は金銭の為に、それも伯父に対する恩返しの為に、奉公に出て、盗みを働く。『うたたね』の姉川少佐も恩返しの為に、そして経済的な理由から養子になる。どちらも金銭がかかわっている。以下両作品の類似点を考察する。

『大つごもり』の山村一家が芝居見物に行く場面がある。「一昨日出そろひしと聞く某の芝居、狂言も折から面白き新物の、これを見のがしてはと娘共の騒ぐに、見物は十五日、珍らしく家内中との触れになりけり。このお供を嬉しがるは平常《つね》のこと、」（樋口1・257頁）という描写は『うたたね』の冒頭の芝居見物の描写と類似が見られる。

『うたたね』では、この芝居見物は小一の死の伏線と見られるのであるが、『大つごもり』のこの芝居観覧のところは、お峰は芝居観覧にいけなかったのであるが、そのかわり伯父に早い時期に会いにいくことができた。しかしそのために伯父から借金をたのまれることになり、大晦日に事件はおきる。だから、芝居観覧はこれらの伏線とみることができる。芝居見物・観覧は両作品ともクライマックスにおいて大きな影響をあたえている。

　お峰の伯父は、「正直安兵衛とて、神はこの頭《かうべ》に宿り給ふべき大薬缶の額《ひたい》ぎはぴかぴかとして、」（樋口1・257―258頁）という。『うたたね』の中で、小一が奉公に出た横浜の金物問屋の大旦那は、赤い頭巾をかぶって薬缶を隠しているとある。『大つごもり』のクライマックス、お峰がお金を盗むところである。「かねて見置きし硯の引出しより、束のうちを唯二枚、つかみし後は夢とも現《うつゝ》とも知らず、三之助に渡して帰したる始終を、見し人なしと思へるは愚かや。」（樋口1・267頁）とある。『うたたね』では、小一が盗んだ巾着を次の日、またもとの机の中に返すところである。「たゞ静かに見てゐたので、こんなところに人目のあろうとは小一も気がつかない。」（藤村16・426頁）とある。『大つごもり』ではお峰の盗みをみていたのは山村家の長男石之助であり、お峰の罪をかぶってくれた。『うたたね』で小一が盗んだものを返すのをみていたのはクラスメートで年上のお米である。お米も小一の罪をかぶってくれた。「先生、私でござんす。」（藤村16・427頁）と名乗り、先生から罰を受けている。ただ『大つごもり』の場合は、石之助がかばった、とはっきり書いてなくて、「孝の余徳は、我れ知らず石之助の罪になりしか、いや〱知りて序《ついで》に冠《かぶ》りし罪かも知れず。」（樋口1・271頁）とある。

この後、お峰と石之助とが恋愛関係になるという可能性も考えられないわけでもないので、ここに共通点をみることができる。また『うたたね』では、お米が奉公先のお金を大枚三十両盗んで逃げる。お峰と同じような事情があるかどうかわからないが、奉公先のお金を盗むという点では同じである。石之助は山村家の総領息子であるが放蕩の子である。小一も姉川家の総領息子であるが放蕩の子である。『にごりえ』のところでお力、お君、お菊、姉川少佐が両親がいないことを言及したが、お峰も幼い時に両親をなくしている。お峰の盗みも結局は伯父に対する恩返しである。だから親の不在がその原因になっている。『大つごもり』に「子は三界《がい》の首械《くびかせ》といへど、まこと放蕩《のら》を子に持つ親ばかり不幸なるはなし。」（樋口1・268頁）、「父が涕《なみだ》は一夜の騒ぎに夢とやならん。持つまじきは放蕩息子《のらむすこ》、」（樋口1・269頁）とある。『うたたね』には、小一銃殺の後、姉川中佐が「そも〳〵最愛な子を産み落としたのが過ちであろう、（中略）思ひもよらぬ切ない嘆きに変つてしまつた。」（藤村16・468頁）とあり、また小一が行方不明になった時、「因果な種を蒔いて見れば、やがてはえたものは苦労の塊だろう。」（藤村16・435頁）とある。両作品とも子は不幸・苦労の元になっており、また子を持ったことを『うたたね』では、過ちとしている。

『十三夜』は、高級官僚に嫁いだお関が家の為に嫁ぎ先での忍従を強いられるという内容である。十三夜の晩、奏任官原田勇の妻お関は、原田との離婚を決意して実家にもどってくる。しかし、実家の父は、弟の出世、置いてきた子供のためにも婚家に戻れという。帰り道、乗った人力車を引いていた男が幼馴染で初恋の人高坂であった。彼はお関との初恋に破れたあとは、放蕩にあけくれ、家財産を失い、妻子とも別れて人力車夫をしながら虚無的な生活をしている。お関と高坂は十三夜の月が照らす中、憂き世に戻っていく。ここでは、家という社会的なもののもたらす悲劇を一身に背負ったお関の重く悲しい、しかし、主体的な生き方が造形されている。お関は離婚する意思を伝えるが父親に説得されてついには次のように言う。「お父様《とっさん》、お母様《つかさん》、今夜の事はこれ限り、帰りますからは私は原田の妻なり。良人《おっと》を誹《そし》るは済みませぬほどに、もう何も言ひませぬ。関は立派な良人を持つたので弟の為にも好い片腕、あゝ安心なと喜んでゐて下されば、私は何も思ふ事はござんせぬ。決して決して、不了簡など出すやうな事はしませぬほどに、それも案じて下さりますな。私の身体は今夜をはじめに勇のものだと思ひまして、あの人の思ふまゝに何となりして貰ひましよ。」（樋口2・166頁）。自らの決意ではあるが、完全な自己抹殺である。『うたたね』の姉川も養子という立場上、先代への恩義のため家のため、完全な自己抹殺の生活をしてきた。その現れが、寡黙となんでも笑ってすます生活である。しかし、そのような生き方が後の大悲劇を起こすことになる。『十三夜』では大悲劇はおきていないが、お関が完全な自己抹殺の状態で一生を終えられるのか甚だ疑問である。大悲劇が起こらないともいえない。『十三夜』の最後の叙述のところ、「お別れ申すが惜しいと言っても、これが夢ならば仕方のない事、さ、お出《いで》なされ、私も帰ります。更《ふ》けては路が淋しうござりますぞ。」（樋口2・173頁）とある。ここでの「夢ならば」というのは以前「一生の内に又お言葉を交はす事が出来るかと、夢のやうに願ふてゐました。」（樋口２・170頁）の夢の事をさしている。『うたたね』にお菊が戦場で負傷した姉川中佐に出した手紙の中で「ましてさまぐ〳〵語らひまゐらせしむかしを思ひめぐらせば、春の夜のゆめのごとし。」（藤村16・474頁）という事を言っている。夢のはかなさとそれでも人間は夢に託すということで、共通した意味を持っている。勿論、お菊の場合は、父親と姉川中佐との関係を念頭において言っているのである。

『われから』は、政治家の美貌の妻お町が書生との仲を誤解され家を追い出されるという話である。お町の夫金村恭助は、家付き娘お町と結婚するが二人の間には子供がない。金村は留守がちで、お町は孤独であり愛に飢えている。その孤独感が書生である千葉への親切となり誤解を生む。金村は結婚前から付き合っていた女を結婚後は妾にしており、十一歳になる男の子もいる。この子をお町には内緒で養子として迎えようとするが、お町はそれと気付いて難色を示す。お町と千葉のことがついには噂として広がり、金村から絶縁、別居を言い渡されてしまう。お町は追い出される時、「お前様、どうでも左様なさるのでござんするか。私を浮世の捨て物になさりまするお気か。私は一人もの、世には助くる人もなし。この小さき身すて給ふに仔細《わけ》はあるまじ。美事すてゝこの家を君の物にし給ふお気か。取りて見給へ、我れをば捨てゝ御覧ぜよ。一念がござりまする」（樋口２・252―253頁）と絶叫する。『うたたね』で、小一を銃殺した姉川に向かってお国は「小一やわたしを殺してしまつて、この姉川の家を取ろうといふ了見だ。」（藤村16・480頁）と言う。お国もお町と同じように親の財産をついで結婚した。お金はあるがいつも空虚感がある。夫婦の仲も精神的交流はない。このような二人にとって夫の背信は財産の乗っとりと直結すると考えるようである。事実『われから』はその通りであるが、『うたたね』は、お国の考えすぎではないだろうか。また、『われから』の女中米と髪結いの留という名は『うたたね』では小一の同窓生で小一の罪をかばってくれたお米と、小一が横浜の金物問屋でいっしょに奉公した留という名と同じである。両作品のモチーフに類似性が見られる。「我れをば捨て、御覧ぜよ。一念がござりまする」という迫力あるセリフは、お国が毒を飲んでの自殺する悲惨な光景を連想させられる。

『うつせみ』の内容は次のようである。三番町の名家の娘雪子は十八歳の美しい娘であるが、精神に支障をきたしているため、両親が世間体をはばかって貸屋を転々としながら養生している。雪子には正雄という夫がいる。雪子の気が狂ったのは、罪の意識からだという。雪子をひたむきに恋した男が、雪子に許嫁のあるのを知って自殺をしたからである。つらい浮き世からのがれるように雪子は狂気の世界に入り込む。『うたたね』の小一もお君の家で養生する。各々理由は違うが家から離れて養生するところは同じである。雪子の夫正男も姉川少佐も資産家の養子である。『うつせみ』で雪子が身につけるのが「友仙の帯に緋ぢりめんの帯あげも人手を借ずに手ばしこく締めたる姿、」(樋口2・92頁)と友禅の帯であるが、それは『うたたね』にも出てくる(樋口2・421頁)。子供のことで母親が易者にみてもらうのは両作品共通している。『うつせみ』に「黒く多き髪の毛を最惜しげもなく引つめて、銀杏返しのこはれたるやうに、折返し折返し髷形に畳みこみたるが、大方横になりて狼籍の姿なれども、幽霊のやうに細く白き手を二つ重ねて枕のもとに投出し、浴衣の胸少しあらはになりて、締めたる緋ぢりめんの帯あげの解けて帯より落かゝるも、婀かしからで慘ましのさまなり。」（樋口2・97頁）という場面がある。お雪の寝姿である。これは『うたたね』に出てくるお菊の寝姿と類似している。「遽然、けたゝましい音をして、物に懊える呼声が六畳から聞えた。お菊だ。（中略）船底の枕を乗せた麗しい黒髪がおそろしく寝乱れて、鬢の毛が耳のほとりへかゝつてゐた。」（藤村16・449頁）若い女の黒く多き髪、なまめかしい寝姿、それを見守る夫という設定は類似している。不吉な予感のする場面である。

『この子』は、子供によって夫婦仲ばかりか自分の性質・行動まで良くなったと語る若い母親の気持を素直に表した作品である。一葉の作品の中で唯一口語体で書かれた作品である。母性を口語体で客観的に描くために、一人称独白体というスタイルを取った。これは、なめらかな語りの中に浮き彫りにされていく若妻の心理や行動をのびのびと描写している。『うたたね』も口語体の作品であるが、客観描写に失敗している。剣持が「一葉が「たけくらべ」「にごりえ」で文語で試みた小説を、口語体で試みようとした作品が「うたたね」だ[5]」と言ったことは示唆にとんでいる。

『この子』は仲の悪い夫婦が子の誕生によってまた仲が良くなることが主題となっている。「或時《あるとき》旦那さまは、髭をひねつて、『お前もこの子が可愛《かわゆ》いか』と仰しやいました。『当然《あたりまへ》でございます』とて、つんと致してをりますと、『それではお前も可愛《かわい》いな』と例《いつ》に似ぬ滑稽《おどけ》を仰しやつて、高声《たかごゑ》の大笑ひを遊ばしたそのお顔、」（樋口2・185頁）というように子も可愛ければ妻も可愛いという。『うたたね』でも、「嫌で嫌でならない時にひよいと出来たのは小一だ。可愛のが産れて見れば不思議にお国のことも苦にならなくなつた」（藤村16・435―436頁）という箇所がある。姉川少佐の場合は義理で結婚をしたからなおさら愛情はなかった。だから特に小一が生まれてから夫婦の愛情が芽生えたといえる。また「私のやうな表むきの負けるぎらひは、見る人の目からは浅ましくもありませう。つまらぬ妻を持つたものだと言ふ感は、良人の方に却つて多くあつたのでござりませう。」（樋口2・179頁）。ここのところは、『うたたね』でのお国についての描写と類似している。「つまらぬ妻をもつた」というのは嫌で嫌でならないという姉川少佐の独白に類似している。妻がむちゃなことをいうと『この子』では「相手にせずに笑つていらつしやるのです。」（樋口2・180頁）となっているが、先述したように姉川少佐もお国に対して対話をせずに、ただ笑っているだけである。夫婦の姿に類似が見られる。

『わかれ道』は人生の岐路を暗示する題名である。妾にいくことになったお京とその事実に落胆する吉三。孤児で背の低い暴れん坊の吉三は世間から疎外されている。妾も世間から疎外された存在である。別れの日、お京は吉三を家に連れていく。妾に行かないでくれ、という吉三をお京は後ろから羽交い締めに抱きしめる。「お京さん、後生だから此肩の手を放しておくんなさい」（樋口2・202頁）と吉三は涙の目をみつめていう。『うたたね』では、軍隊に入った小一と町で偶然あったお米が、小一の手を固く握りしめて小一の胸のあたりへもたれてすすり泣きをした。「また是世で逢へるのかねえ。」（藤村16・458頁）、お京と吉三のわかれ、お米と小一のわかれ、二つのわかれが両作品で描かれている。しかも、お京（妾）もお米（酌婦）も社会から疎外された存在である。

以上、『うたたね』と一葉の作品『にごりえ』『たけくらべ』『大つごもり』『十三夜』『われから』『うつせみ』『この子』『わかれ道』とを比較し、その類似点を整理してみた。藤村は、前述したように『うたたね』執筆時のことについては生涯語っていない。だから、本論での類似点はテキスト上でのものであって、なんらかの実証的影響関係があっての比較ではない。しかし、テキスト分析の結果、藤村は一葉の作品、特に後期の作品をかなり注視していたことが明白であろう。そして、藤村は一葉について小説家として成功した明治40年以後に色々な雑誌で語っているが、『うたたね』については、『文学界』時代のこと、『若菜集』時代の事を随筆に書きながらもついに一言も触れていない。

ここでもう少し詳しく藤村と一葉の前述の作品について単なる比較による類似だけでなく、主題・作品構造などの方面からも考察してみようと思う。

『にごりえ』について北川秋雄が次のように興味深いことを述べている。

第五章において、お力は〈悲しいと言へば商売がらを嫌ふかと一ト口に言はれて仕舞、ゑゝ何うなりとも勝手になれ、勝手になれ、私には以上考へたとて私の身の行き方は分らぬなれば、分らぬなりに菊の井のお力を通してゆかう〉と考える。お力は現在の自分のありように不満を持っている。しかしそれは、酌婦という〈商売がら〉によるものではない。〈これが一生か〉と述べているように、自らの現存在に対するものであることがわかる。かつて父や祖父が渡り、そして踏みはずしてしまった〈丸木橋〉を自らもまた、渡らなければならないように運命づけられていることについての、不快感が語られている。そして、考えてどうなるものではないから、当面は〈分らぬなりに菊の井のお力を通してゆかう〉と、その現存在を引き受けて行こうと思い返すお力のありようは、漱石の書簡中の〈知らず生れ死ぬる人何方より来りて何かたへか去る〉や、透谷の「蓬莱曲」中の〈われ来りしところ知らず、行くところをも知らぬなり〉という表現にみられるような実存的な問と明らかに通底している。(6)

この北川の見解は、『うたたね』の小一が「どうしてわたしは斯に薄命なんでせう。」（藤村16・441頁）と自らの存在について概嘆するのと同じ意味をもっている。小一も親の期待に添えるだけの勉強ができるわけでなし、奉公先からも勤めがつらいと逃げてしまうし、挙げ句の果ては病気で寝込んでしまう。そこで自分の存在の意味を問うのである。そして、『うたたね』ではそれは小一に限らず姉川中佐、お国にも見られる実存の問題である。最後に見られるお国の砒素による自殺は実存の抹殺である。

『たけくらべ』について関良一は次のように述べている。「一体に、一葉の小説は悲劇として構成されており、悲恋物語である。(7)」。そして、構成法についても、「さまざまな古典の素養、ことに、彼女のもっとも味読した『徒然草』の、その「をりふしのうつりかはるこそ」の一段が影を落している。」[8]
と述べている。

また『たけくらべ』の子供たちの孤児性に注目している。孤児性といえば、『うたたね』の姉川中佐とお君は幼いころより孤児であり、お菊も成長してからではあるがコレラで両親を一度に亡くしている。小一は両親がいるにもかかわらず、先述したように心の交わりがないために精神的孤児である。この『たけくらべ』に出てくる子どもたちの孤児性を北川はディケンズの小説の子供たちと関連づけて次の様に語っている。

たしかにディケンズの作品は、主人公や重要人物に子供、とくに孤児が多く描かれている。両親のない子のみならず、片親の子、親がいても打ち捨てられて顧みられない子、親との間にまったく気持の通い合わない子など、比喩的な意味で孤児といえる子供達である。(中略)私はこのような「たけくらべ」と、先述したディケンズの小説の子供達とが、孤児性という点で明らかに共通性をもっていると考える。

そして、また北川は、「一葉がユゴーやディケンズなど西洋ロマン主義に触れた事実として、『依緑軒漫録』読書体験を重要視するものである。[9]」としている。そして、この読書体験によって明治文学における〈こどもの発見〉構想が『たけくらべ』の中で図られたのではないかと述べている。この『依緑軒漫録』は『文学界』同人の馬場胡蝶から紹介されたものであることを考えると、藤村と一葉そして『たけくらべ』の関係も見えてくるようである。

『十三夜』で家の再興のため弟亥之の出世に望みをかけているお関の実家では、奏任官であるお関の夫は重要な存在である。その夫原田の横暴と無視に耐えかねて離縁を決意して帰ってきたお関に対して父斎藤は次のようにお関に翻意を促す。

いや阿関《おせき》、こう言ふと父が無慈悲で汲取つてくれぬのと思ふか知らぬが、決して御前を叱かるではない。身分が釣合はねば思ふ事も自然違ふて、此方は真から尽す気でも、取りやうに寄つては面白くなく見える事もあらう。（中略）あれほどの良人を持つ身のつとめ、区役所がよひの腰弁当が釜の下を焚きつけてくれるのとは格が違ふ。随《した》がつてやかましくもあらう、六《む》づかしくもあろう、それを機嫌の好い様にと、ゝのへて行くが妻の役、表面《うわべ》には見えねど、世間の奥様といふ人達の、いづれも面白くをかしき仲ばかりはあるまじ。身一つと思へば恨みも出る、何のこれが世の勤めなり、殊にはこれほど身がらの相違もある事なれば、人一倍の苦もある道理、お袋などが口広い事は言へど、亥之が昨今の月給にありついたも、必竟は原田さんの口入れではなからうか。七光どころか十光もして、間接《よそ》ながらの恩を着ぬとは言はれぬに、愁《つ》らかろうとも一つは親の為、弟の為、太郎といふ子もあるものを、今日までの辛棒《しんぼう》がなるほどならば、これから後《ご》とて出来ぬ事はあるまじ。離縁を取つて出たがよいか、太郎は原田のもの、其方は斎藤の娘、一度縁が切れては二度と顔見にゆく事もなるまじ。同じく不運に泣くほどならば、原田の妻で大泣きに

泣け。（樋口2・164―165頁）

このようにお関を説得する。すると、お関はわっと泣いて、わがままでございました、とあやまり次のように述べる。

ほんに私さへ死んだ気にならば、三方四方、波風たゝず、兎もあれ、あの子も両親の手で育てられまするに、（中略）今宵限り関はなくなつて、魂一つがあの子の身を守るのと思ひますれば、良人のつらく当る位、百年も辛棒出来さうな事。（樋口2・165頁）

お関は死んだ気でつかえる、という。『うたたね』での姉川少佐のお国との結婚と同じような現象が見られる。家族共同体の中での自己犠牲という現象である。『十三夜』ではそれゆえに斎藤家も原田家もうまく自転していく。しかし、『うたたね』ではそれが悲劇の原因の様になっている。先述したようにお関になんらかの悲劇が来ないとも言えない。

『大つごもり』の主題が孝行ゆえに盗みをする女の悲劇であるとみるとき、ここには孝行とその孝行を行う為に「盗む」という行為が存在する。つまり、お峰はいままで親の代わりに育ててくれた伯父への恩返しの為に盗む。石之助は継母への反抗から盗む。実母への愛ゆえに、と考えられないだろうか。そして、この二つの盗みは人助けになっている。ここに盗む人の行為に主体性をみることができる。

関礼子はこの盗みの箇所を、有島武郎の『一房の葡萄』の盗みの箇所と比較して、次のように述べている。

前者と後者のテクストの間にはおよそ二十五年の時差がある。しかし通常は盗みなど犯さないタイプの人間が、なんらかの理由で犯行に及ぶ点で両者は共通項をもつといえよう。もちろん登場人物の年齢や境遇、書き手の性別など違いはさまざまにあるが、盗みのリアリティという点で両者はかなり似ているのである。（中略）欲望の対象が曖昧ではなく、「二色」や「二枚」に限定されていることは、それらの対象が彼らの日常現実と深く関わって、彼や彼女がよんどころない事情で犯行に及んだことを強く印象づけている。(10)

関は盗みに主体をみている。この観点からすると、『うたたね』の小一の盗みが先述したように、母親の愛情を得るための盗みであったことからすると、やはりそこに主体をみることができる。また、お米の盗みは、『大つごもり』のような詳細は書かれていないが、貧しい兄弟の多い家庭の長女であるお米の境遇はお峰とあまり変わらない事情があってのこととみても誤りではない。関はさらに「物語末尾でのお峰の「正直」論はあるいは弱者の開き直りであるかもしれない。だがそれは、もっぱら贈与される側であった人間が初めて贈与する側へと、主体を賭けて跳躍を試みた行為の結果なのである。(11)」と述べている。

『われから』について、山田は『全集樋口一葉1』の解説の「鑑賞」で「母娘二代を描くことで、トータルな女性の「性《さが》」を追求しようと考えたのかも知れないが、それが可能であるためには長編が必要であろうことは容易に推察できる。長編を書き抜くことが死直前の作家一葉に課せられたアポリアだったといえよう。」（212頁）と述べている。これまで短編を書いてきた一葉が、最後の作品において長編への関心がみられるということは、たいへん興味深い見解であるといえる。先述したように、『われから』は金銭的に恵まれながらも、肉体的かつ精神的に愛に飢えた女を描いているとして、『うたたね』のお国との関連を指摘した。『われから』のお町の夫金村は養子ではないが、家付き娘のお町の財力を元に政治家として活躍している。基盤を夫人の実家においているという面では『うたたね』の姉川少佐と共通している。実家の財力に乗っかって空虚な生き方しかできなかったお国とお町、彼女らに富国強兵策下での明治の資本主義社会がもつ空虚感とその終末を見ることができるのではないだろうか。

3　『うたたね』と『うつせみ』『この子』『わかれ道』

『うつせみ』での空虚感はその題名からも分かるように一目瞭然である。そして狂気がその空虚感に暗い影を落としている。雪子の狂気の原因は恋する人の自殺に対する罪悪感に起因するとなっている。そして、その自殺の原因は、雪子が恋人の植村に許嫁の居るのを隠していたからであるとなっている。一葉は、明治期の日本が西洋的近代と遭遇することによって生じた青年文学者達特有の内面の苦悩をこのような形で形象化してみせたといえるのではないだろうか。そして、藤村は『朱門のうれひ』『野末ものがたり』などの習作の末、『うたたね』のお国の狂気を描くことによってそれを見せたといえるのではないだろうか。

『この子』にみられる夫婦愛、親の子に対する愛情は、先述した通り、姉川少佐とお国と小一の関係にそのままあてはまる。しかし、結末からすると、『この子』がハッピーエンドで終わるのに比して、『うたたね』では三人の死をもって終わる。「子はかすがい」というモチーフは『この子』と、『うたたね』と、同じであるが、『うたたね』においてそれは一部になってしまっている。

『わかれ道』は吉三の家族共同体への願望がみられる。それは、吉三が普段優しいことの一言でも言ってくれる人を、母親と思い、父親と思い、姉、兄と思って現実を生きる力にしているからであり、だから吉三の前に現れて何かと親切にしてくれるお京は吉三にとって母であり、姉であり、或いは妻にもなりうる、つまり家族幻想を抱かせる存在である。そのお京が妾となって吉三のもとを去ろうとしている。家族幻想の崩壊である。それは、先述した『うたたね』における家族共同体への願望とその崩壊と同じである。戸松泉は次のように述べている。

「わかれ道」に表象された人間模様の在り様は、明治という〈近代〉の時間によって現象してきた世界をまぎれもなく顕現しているのである。ここにこそ、極めて〈小説〉的世界として顕現された「わかれ道」の世界の、真の〈新しさ〉がある。そして、一人一人の読者が、吉三やお京の〈未来〉を占う意味がここにこそ在る。「近代化」の行方を考える一つの〈場〉が提示されているので

ある。(12)

これは『うたたね』にもあてはまることであり、当時の散文作家達が目指した方向であったと言えるのではないだろうか。

以上、『うたたね』と一葉の作品八編との比較を、モチーフ乃至は主題を通して検討した。その結果、私は明らかに『うたたね』執筆の際、一葉の後期作品が念頭にあったのではないだろうかと推論するのである。

三　藤村とシェークスピア

藤村は明治学院時代に、テーヌの『英国文学史』を座右の書とし、そこから西欧の文芸にふれた。そこでもっとも感銘を受け自身の中に取り入れたのがシェークスピアの戯曲と詩であった。(13)詩の方は、『夏草』（明治25年〈一八九二〉）と題してシェークスピアの『ビイナス・エンド・アドニス』を翻訳し、四回にわけて『女学雑誌』に発表している。また戯曲の方は、当時藤村がよく読んでいた『ハムレット』であり、その悲劇性と恋愛感情の表出は習作期の戯曲や小説に影響を与えた。勝本清一郎は「若き藤村の愛蔵書」で次のように述べている。

藤村の創作活動の上に、より高い次元に於いて、主導力となったものは英独ローマン主義文学の思想であり作品であった。藤村はイギリスやドイツのローマン派文人のおもかげを、日本人として身近な西行や芭蕉の上に追求したのであって、西行や芭蕉に対する真に客観的なリアリスティックな態度がそこにあった訳ではなかった(14)。

これによっても、藤村においては西欧の文学がその創作過程において大きな比重を占めていたことが伺える。と同時に、いかに藤村が創作において暗中模索の状態にいたかが分かる。『ハムレット』への関心は『桜の実の熟する時』にもでている。

そのとき、捨吉は学校に居る時分に暗誦しかけた短い文句を胸に浮べた。オフェリヤの歌の最初の一節だ。それを誰にも知れないやうに口吟《くちずさ》んで見た。（中略）熱い草の中で息をする虫のやうに、そつと低い声で繰返して見たのは、この一節だけであつた。彼はまだあの歌の全部を覚えては居なかつた。（藤村５・521頁）

堪へがたい寂しさは下宿の離れ座敷へも襲つて来た。しかし捨吉は左様した心持から紛れるやうな方法を見つけようともしなかつた。独りでその寂しさを耐《こら》へようとした。四月以来起きたり臥たりした自分の小座敷をあちこちと歩いて見ると、あの可憐なオフェリアの歌なぞが胸に浮んで来る。内部《なか》から〳〵と渦巻き溢れて来るやうな力は左様した歌の文句にでも自分の情緒を寄せずには居られなかつた。長いこと最初の一節しか覚えられなかつたあの歌の全部を、捨吉は一息に覚えてしまつた。（藤村５・555頁）

藤村は『文学界』初期の頃、七五調の劇詩を三編書いている。『悲曲琵琶法師』『悲曲茶のけぶり』『朱門のうれひ』である。「藤村が二十六年度の「文学界」に「琵琶法師」「茶のけぶり」「朱門のうれひ」等のドラマ形式の作品を書いたのはシェイクスピアの模倣という単純な動機もあった。しかし藤村のシェイクスピアへの関心は単に英文学の泰斗というだけのことではなく、〈すゞしきもの濁れるものを問はゝ〉ぬシェイクスピアの写実性がその詩境として彼を捉えたということもある。[15]」と笹淵友一が記述している。また、『悲曲琵琶法師』と『ハムレット』の類似についてつぎのように記述している。

両作品の構想の類似の中で最も重要なのはその結末の場面である。一鴻とハムレットの悲劇的な最後である。しかもハムレットの最期はその性格と行為との必然的結果であるが、一鴻の場合はさうではない。それは偶然の事件に過ぎない。この木に竹をついだやうな結末は、藤村が性格悲劇としての条件を備へてゐないこの作品を強ひて悲劇たらしめようとして取つた強行手段で、かういふ欲求に彼を誘惑したのは「ハムレット」の結末であつたと思ふ。[16]

このような『悲曲琵琶法師』は、夫婦の愛憎問題、親子の情愛の問題、男女の恋愛の問題、芸術と生活の問題、出世の問題、偶然な死などの問題を一気に盛り込んだ作品である。関良一が「シェークスピア風の、いくらかは近松風の韻文戯曲である[17]」と言及するまでもなく、ここには、『ハムレット』の影響をみることができる。また、上記した問題の数々だけでなく、亡霊の出現や死に到る過程での亡霊の関与、第三者による亡骸の発見など、後の『うたたね』の構想が伺えるのである。

『悲曲琵琶法師』以後の作品においても、浄瑠璃調の七五調、または七七調の文体や世俗主義と理想主義という観念的な主題は依然としてあった。そして、また笹淵が前書で述べているように、『ハムレット』『ロミオとジュリエット』などからの感化、シェークスピア劇の心理描写と古典劇の伝奇的興味と、浪漫的恋愛感情と古風な肉親愛など色々な要素が雑然として混淆していると見ることができる。そして、これらを否定的にみるのでなく、これらは藤村文学の形成の一過程として重要な意味を持っているということが言える。そして、これらの習作を通して完成したのが『うたたね』であった。それは、藤村が明治29年〈一八九六〉『若菜集』を世に出し、近代詩人としてデビューし、名声を得ていた次の年であった。いかに散文へのこだわりがあったかが分かる。『うたたね』での父子、夫婦の問題、恋愛の苦悩、姉川中佐による人生に対する懊悩、狂気、戦争などは、そのまま『ハムレット』にも見られる。姉川中佐が小一を銃殺した後苦悩する姿は、ハムレットの苦悩の姿に類似している。以前の戯曲では見られないような苦悩する姿である。また、小一とお菊の若い男女の青春の苦悩の姿は、ハムレットとオフェリアが恋愛感情と青春の苦悩を表している姿と類似する。佐藤三武朗は「藤村とシェイクスピア」で次のように述べている。

藤村は西洋文学者の中でどの文学者から最も強く影響を受けたかと問われれば、シェイクスピアであると、即座に私は答える。作品では『ハムレット』と『ヴィーナスとアドニス』を挙げたい。さらに『ハムレット』において、「第三の告白」と「オフェリアの歌」を挙げておきたい。その理由は、罪と罰に象徴される内面の苦悩ばかりでなく、青春の苦悩を最も端的に表す恋愛感情もまた、シェイクスピアの作品は扱っているからである。（中略）ロマン主義には、現実や人生に対する特有の厭世感が支配する。果てしない憧憬と深刻な挫折感とが表裏一体をなしていることもロマン主義の一側面である。それ故に、「オフェリアの歌」の受容の側面から、『文学界』同人の抱えていた様々な苦悩を垣間見ることができる。『文学界』同人のメンバーである藤村もまた、「第三の独白」と「オフェリアの歌」を口ずさみながら、明治という疾風怒濤の時代を生き抜く青春の苦悩に身と心をさらしていたのである。(18)

さらに続けて佐藤は『うたたね』についても次のように言及する。

一八九七年（明治30）、藤村は『新小説』に「うたゝね」を掲載する。これは藤村の最初の小説であると言われる。この中で扱われるモチーフはやはり破壊的な情念についてである。これは藤村が「夏草」の翻案によって学んだものであり、以後、綿々として藤村文学を流れる熱い「血潮」であると、私は考えている。(19)

藤村が、非常な熱情でもって散文の完成に取り組んでいたことと、シェークスピアから影響を受けていたことなどは佐藤の論文でも明らかになっている。また藤村がシェークスピアに関心を持つようになったことの一つに、口語文体をあげることができる。そして、これは、『うたたね』によって完成されたといえるのである。

注

（1）『市井にありて』（昭和5年〈一九三〇〉、岩波書店）所収。
（2）松坂俊夫「藤村が小説やエッセイに幾度も記したのは、一葉への並々ならぬ関心を示すものであろう。」（「視線のなかの一葉　島崎藤村」『国文学』平成6年〈一九九四〉10月、93頁）
（3）剣持武彦「うたたね論」（『島崎藤村研究』24、平成8年〈一九九六〉9月、双文社出版）参照。
（4）注（3）23頁。
（5）注（4）同。
（6）北川秋雄『一葉という現象』（平成10年〈一九九八〉双文社出版、80―81頁）
（7）関良一『樋口一葉　考証と試論』（昭和45年〈一九七〇〉有精堂出版、229頁）
（8）注（7）229頁。
（9）注（6）209頁。
（10）関礼子「贈与と主体―『大つごもり』―」（『樋口一葉論集Ⅱ』平成10年〈一九九八〉おうふう、33頁）
（11）注（8）36頁。
（12）戸松泉「交差した〈時間〉の意味―『わかれ道』の行方―」（『樋口一葉論集Ⅱ』平成10年〈一九九八〉おうふう、110頁）
（13）「逍遙の文学認識の反省のきっかけは、彼が東京大学に在学中、「ハムレット」の試験で王妃ガーツルードの性格解剖を命ぜられたとき、「主として道義評をして、悪い点を附けられ、それに懲りて、図書館を漁り、はじめて西洋小説の評論を読み出した」（回憶漫談）」（前田愛・長谷川泉編『日本文学新史 近代』〈「第三章 小説の近代化」畑有三〉平成2年〈一九九〇〉至文堂、89頁）といっている。明治二十年代においてシェークスピアは必読書であったようだ。

(14) 勝本清一郎「若き藤村の愛蔵書」（『近代文学ノート1』昭和54年〈一九七九〉みすず書房、29頁）
(15) 笹淵友一『小説家島崎藤村』（平成2年〈一九九〇〉明治書院）
(16) 注（15）869頁。
(17) 関良一『考証と理論 島崎藤村』（昭和59年〈一九八四〉教育出版センター、193頁）
(18) 島崎藤村学会編『論集 島崎藤村』（平成11年〈一九九九〉おうふう、80—81頁）
(19) 注（18）82頁。

『うたたね』の構造と意味

『うたたね』は、小一を中心にした姉川中佐一家と姉川中佐の親友である吉沢一家と、そして小一の知り合いの米と留《とめ》と留の母の生と死を描いた中編小説である。特に姉川一家においては父親による息子小一の銃殺、小一の母親お国の服毒による自殺、それにつづく父親姉川中佐の服毒による事故死など、一大悲劇をきたしている。十川信介は、『うたたね』のドラマ性について「「夏草」等の翻訳、「琵琶法師」等の劇詩が示すように、習作期における彼の目的は、シェークスピアのような「大ドラマチスト」になることであった。(1)」と述べているが、私も『うたたね』の多様な素材、終末部に見られるドラマ性などから十川と意見を同じくするものである。

『うたたね』の登場人物「小一」に藤村が投影されたとみる人に次の人たちがいる。三好行雄は次のように述べる。

小一は、いっぽうでは藤村自身の分身としての性格も担っていた。たとえば——

《明日は、明日はで、小一は其日を送るのだ。現在身体の生きてゐるのは今日でありながら、小一の為めには今日は訳もなく食つて、訳もなく飲んで、夢のやうに送るといふに過ぎない、花のやうな望も、蜜のやうな楽も、明日にある。明日が小一の命である。》（六）／などという箇所には、あきらかに作者自身の肉声がひびく。(2)

また、「自我のめざめから放浪、帰宅、そして春の実現と続く小一の遍歴が、そのまま藤村の体験を仮構したものと見ることもできる(3)」とも述べている。

十川は、

彼のモデルは半面では島崎友弥であるが、芝居を見て涙を流すような感受性の強さは藤村自身のものであり（『幼き日』『桜の実の熟する時』参照）、またその不安定な精神のあらわれである盗みも、やはり藤村の経験にもとづくものである（『幼き日』『春』参照）。特に小一の心境には、直接に藤村の肉声がひびく。(4)

と述べる。

友重幸四郎は、『うたたね』を自伝小説に近いものとして見ながら次のように語っている。

『村井謾筆』（明二八）や『若菜集』等、周辺の資料を照合した場合、小一像と藤村像とはいくつかの箇所で重なり、作者自身の心理が強く投影されたものとなっている。(5)

これらに反論している人に滝藤満義がいる。滝藤は十川の論に反論しながら総合的に次のように述べている。

『うたたね』を深刻小説ともくろんだものとする本論の立場からすれば、子殺しということの小説の趣向において、真に必要な人物は姉川中佐と小一だけである。（中略）しかし若い作者にとって、所詮父親の造形は背伸びの産物であった。その分だけ小一に自己を仮託する傾向が強まったとて不思議はない。ただ、小一は子殺しという趣向のために薄弱な性を与えられねばならなかった。作者が全面的に自己の青春を仮託するには不都合といわねばならない。(6)

私の見解は、滝藤の論に近いものがある。つまり小一を主人公にするには無理があり、あくまで姉川中佐がこの物語の主人公であると考える。無理があるひとつの理由として、小一の心理にはなんらの起伏がみられないことである。一番起伏の見られるのは姉川中佐である。また、小一に藤村が投影されているのかということに対してもそれはないという見解である。全然ないとはいえないのであるが（幼い日の藤村の実体験の導入など）、藤村がシェークスピアのような大ドラマを書こうという野心のあったこの時期においては、自己を投影することはないと言えるのではないだろうか。私小説が隆盛したのが日露戦争以後であることを考えるとまだこの時期には社会対個人というテーマがテーマとして成立していたと見ることができる。『うたたね』を深刻小説と見る論のあるのもそのような視点からではないかと考える（ちなみに私は『うたたね』を深刻小説と考えるものではない）。『うたたね』の特徴は、封建的家父長制による家族の崩壊を描いているのであるが、その崩壊の原因となるものが、養子制度・立身出世志向による情緒的人格的交わりのない家族関係、個人の確立ができていない人間関係、大陸進出の為の戦争、貧困・伝染病・女性の自立などである。友重が言及したような、夫婦の不仲つまり愛情のない結びつき貪欲さが子に報いて子を不幸にする、ということはこの枠で考えられる。唯、私は因果応報でなく、そこに人間の自我同一性の形成過程に夫婦関係の重要性を見、その夫婦関係が円滑になされることのできなかった近代社会に残存する封建制度の矛盾に対する作者の目を読み取ることができる。

一　プロットの展開

プロットの展開は姉川家の長男である小一を中心に進められていく。

小説はまず狂言の観覧の場面から始まる。狂言は「一の谷」で敦盛の死が演じられる。これを見ていた小一は泣き始める。姉川少佐は「おい〳〵また虫でも出るといけない、家へ帰るといふなら帰してしまへ。」（藤村16・422頁）という。小一が泣いているにもかかわらず小一の両親であるお国と姉川少佐は関心を示さない。ただうるさいものだと考える。この冒頭は姉川家の家族関係を如実にあらわしており、姉川家の崩壊の伏線といえる。

お国は今までなんの余念もなく舞台を眺めてゐたが、小一を不思議そうに見て、暫く小首を傾けて芝居の方も見ずにゐた。哀しいが見たい、見れば哀しい舞台のうつりかはりも忘れて了つて、あんな年をしながら芝居の解《わか》る小一が不思議でならない。（中略）おや、小一は芝居を見て泣く

様子。（藤村16・421―422頁）

お国も「おかしな子だよ。あの子は。」（藤村16・423頁）と言って気にも止めない。ある日、小一は小学校で盗みを働く。クラスメートの巾着を盗むのである。盗んだ帰り道や自宅で不安な小一の心を家族の誰も気がつかない。

次の日、学校で犯人として自首したのは、日ごろから小一に好意をもっていたお米である。

丁度修身の課だ。小一は真青になつた。先生は机の下を荒く踏鳴したが、にはかに倚子を刎《はね》除《のけ》て、立上がつて、例の紅い巾着を目につくやうに振つて、罪を自首《なのれ》ばまだ罰が軽いといふことを繰返して言つた。先生の銀ぶちの眼鏡《めがね》は曇つてゐる。小一は無言であつた。ついと立上がつた娘《こ》がある、みんな其方をふり向くと、お米だ。

「先生、私でござんす。」（藤村16・426―427頁）

お米は教室の隅にたたされ、みんなの前で先生に背中を本で打たれるのであるが、この時小一はうつむいて無言でいる。以後、お米は時々小一の前に出現するのであるが、小一と精神的に交わることはない。終始お米の片思いで終わってしまう。小一は春の試験で落第と決まり小学校をやめてしまう。学校がだめならと姉川少佐が家で小一を教えるのであるが、学問の頭はなく結局横浜の金物問屋へ奉公にでることになる。(7) そこで留に出会う。留の口癖「親子だつて他人だ」はその後のプロットの展開に重要な意味をもたらす。ここでもお米は女中として現れるが小一との心の交流はない。ある雪の降る夜、小一と留は奉公先を逃走する。

この雪は考へてばかりゐた二人の若いものに、夜逃の相図となつたのだ。小一と留さんとは前《あと》後《さき》の考《かんがへ》もない。（中略）裏口を逃るときに顔の上へ落ちてきた蜘蛛があつた。小一は気味の悪いものを払除《はらひの》けて、首尾よく関門を通り越した。（藤村16・433頁）

前後の考えもなく行動するのは意志の弱い小一の特性である。小一も留も社会に定着する場をもたない。以後三年の間小一は消息不明になる。小一の逃走の翌日、お米もお金を大枚三十両持って逃げる。これは本書「『うたたね』創作の基底」で述べたように『大つごもり』の投影とみられないだろうか。小一の失踪によりお国は病に陥り寝こむ。病は段々重くなり、人の見分けさえつかない程に意識が朦朧としてくる。姉川中佐の妹お君は宮廷への出仕を休んでまでしてお国を看病する。

おばさんは中佐の異腹《はらちがい》の妹であるが、知らぬものは真身《しんみ》の兄妹と思つてゐた。このおばさんは年よりも老けて見えて、薄痘痕《うすあばた》のある女《ひと》で、老けて見える位だから容貌《きりやう》は至《いたつ》て醜《まず》い。面影をあさましく思ひはかなんで、女友達に嘲弄《こづか》れるかなしさに、十六歳の春から鏡を捨て、和歌の道に身をいれたのだ。三十一文字を玩具ほどに軽くとりなして奥様お嬢様の御相手を申し上げ、「どうせ捨てた身でござんす」といつでも膝を動揺るのが癖とはいふもの、、花のあした月の夕、敷島の流れはやがて身の浮く瀬になつて、今では高名な女の一人に数へられ、御所へ御勤の身分にまでなつてゐる。（藤村16・439―440頁）

このようにお君は、経済的、精神的に自立している。お君は姉川家の為、兄を助けお国を看病し小一を療養させその許婚お菊の面倒を見る。全て家のためではあるが、お君にはそれが当然のこととしてとらえられている。漸く女性個人が自立可能となる明治の女性である。(8)小一の失踪により、お国が病に伏すなどで憂鬱な毎日を送っていた姉川少佐は、ある日、京都へ越して行った吉沢夫婦がコレラにかかって死んだというお菊の手紙を受けとった。それからというもの姉川少佐は非常な元気を取り戻し、全てのことに対して積極的になる。いわゆる躁的防衛というものである。(9)この躁的防衛は以後、姉川少佐の行動に見られる。そして、息子銃殺と言う大悲劇に至るまで継続する。

小一が失踪して三年経ったある春の日、姉川少佐は中佐に昇進した。その日の夕方、小一はひょっこり家に現れる。

今すこし吉沢を生して置きたかつた、あの男がぴん〳〵してゐたなら、このことを話して喜んで貰ひたいものをと、夕暮から椽先《あんさき》に桃尻になつて、巻煙草を燻《ふか》して庭の筍を数へてゐた。ぶらりとして邸へ入つてきた男がある。日に焼けた、背の高い、骨格も立派な、一向おみそれ申した若い男は、あれ小一だ。（藤村16・437―438頁）

小一の帰宅によってお国はうそのように全快し、小一は浜町のお君の家で養生することになる。小一の看病にお菊が来るのであるが、ここでお菊は看病のかたわら、お花や琴のお稽古事をし、お君からは短歌の教えも受け宮廷にもお君のお供をする。これらは、皆、お菊の自立に役立つものばかりである。日が増すごとにお君とお菊は、非常に親密になる。そして夕暮から紅い磨琉璃《すりがらす》の傘をはめた大《だい》洋灯《らんぷ》を点けて女らしい話に春の夜を更《ふか》すのである。

ある晩、お菊が夜中に夢にうなされている。

（小一は）物寂しいと、寝苦しいとで、うつゝのやうになつてゐると、ぱら〳〵とまた雨戸へ吹きつける音がした。遽然、けたゝましい音をして、物に愕える呼声が六畳から聞えた。お菊だ。（中略）雪洞にお菊の寝顔を照して見た。船底の枕に乗せた麗しい黒髪がおそろしく寝乱れて、鬢の毛が耳のほとりへかゝつてゐた。（藤村16・449頁）

黒髪がみだれている場面は、一葉の『うつせみ』を連想させるものがある。お菊は、夕べほどおそろしい悲しい夢見をしたこともなく、また、物の怪に悩まされたことを思い出して、降る雨もお菊のために寂しく果敢な思いをさせるのであった。お菊は何故か、小一の死、姉川中佐の死を予見しそれを暗示しているようである。それはあながち考えすぎとは言えない。次に示すところをみればわかる。

新曲に暮春といふ題で、お師匠さんの御自慢な長歌がある。小一からそれを所望とのことで、新曲の手を弾きはじめた。長歌の心はつれ〴〵ぐさの昔を今様にうつして、あわたゞしく暮れて行く春の恨をのべたものである。お菊の指が先づ糸に触れると、小一は思はず涙を落した。お菊は、微音で暮春の歌をうたつて、曲は一段高い調子に移つていつた。糸は悲しんで行く水の風情もこゝに浮ぶかと思はれる。琴の音はみな動いて春を惜むやうだ。あゝ、どんなにお菊の弾く琴の音が小一の胸の底までも深く響いたことだろう。不図思ひ浮んだは小児の時、お菊と一緒に千歳座へ観に行つたことで、中幕は一の谷であつたことまで覚えてゐる。そのとき恥かしいほど泣いて帰つたことを思出して、急に女のやうな気弱い心地にかへると、また涙が頬をつたつて、湧くやうに流れた。お菊は側目もふらず狂ふばかりに弾いてゐたが、ふと小一の顔を見て、にはかに琴の手を止めた。糸は断るかと思はれるほどの高い響をして、ぱつたりと音を絶えてしまつた。あはてゝ小一の側へすりよつて、袂から手巾をとりだして小一の手に渡したが、それも気付かずに顔をあげて泣いてゐる。お菊は手巾で小一の顔の涙を拭つてやつて、やがてそれで自分の目元を押へた。「小一さん、小一さん、」といつて、噎返つて、うしろから小一を抱きしめながら、熱い頬と頬とを押しつけて泣いた。（藤村16・449―450頁）

小一とお菊の感情の高度に激した場面である。二人がこんなに激するのは最初で最後である。暮春という長唄は二人の離別と姉川家の崩壊の伏線であるとみることができる。第一番目のクライマックスである。物語はこの後一気に崩壊へと進んでいく。ここまでを前半部とみることもできる。前半部と後半部が不自然なつながりであるという指摘もあるがこの部分を読む限り不自然さは感じられない。

小一は全快後入隊する。そこで、留に再会する。又、夢ではお米が出てきて小一の無関心をなじる。現実では、小一の所属している部隊が広島へ移動した時、そこでお米に再会する。お米は小一に一夜をともにするように言うが小一は断る。

「小一さん、わたしやこんな稼業をしてゐるけれど、お前さんのことを忘れずにゐるよ。是非今夜は泊つていつてお呉な、いろ〳〵話したいことがあるからさ。」

小一はます〳〵萎れて、

「好い加減にするがいゝや、そんなことが出来るか考へて見ろ。」

「だつて御別ぢやないかね、一晩ぐらい。」

「御別ぢやないか」を二度まで浴せて、小一の手を堅く握りしめた。小一は其手をふりはらつて、急に逃げて行うとした。鼻紙にこゝろざしを捻つて、無理に小一の服のかくしへ突込で、ほんの御餞別と言つたが、小一はそれほど礼も言はなかつた。お米は萎れてゐる小一の胸のあたりへもたれて、すゝり泣きをした。

「また是世で逢へるのかねえ。」（藤村16・458頁）

「また是世で逢へるのかねえ。」と言うお米の言葉は小一の死の予感である。お米は敏感に感じとっている。後に小一の死に対するお米の反応の記述がないのはこの予感が的中したことを意味する。又、飲み屋で三吉にも逢う(10)。

小一らの一行は大陸へと出発する。留は船酔いがひどくて上陸直後小一にみとられて死ぬ。小一は、明日が出撃だという前の日に逃亡する。死ぬのが怖くて逃亡する。捕虜のシナ人を逃がし自分もシナ人の服を拾って、それを着て逃亡する。結局小一は捕まって姉川中佐の手で銃殺刑にされる(11)。

息子を銃殺した姉川中佐は、嘆きの果て銃で自分の頭を撃って死のうと思うが、其の時小一の亡霊が中佐の手を止める。結局自殺をおもい止まった姉川中佐は、椅子山の戦闘で負傷したが、日本軍は大勝利をおさめ、姉川中佐の傷も治って、日本へ凱旋する。凱旋の日の姉川中佐の様子は、「顔は日に焼けて黒いうちにも愁を帯び、頭はかなしげにうなだれている。眼は火のやうな光を放つでもない、それは力のぬけた、勢のない、日かげに萎れた花のやうである。黒の喪服でも着たかのやうに、中佐はさみしく凱旋門を通つていつた。」（藤村16・477頁）と記されている。明らかに姉川中佐の死の伏線である。

この夜、姉川家では祝宴がひらかれた。お客の帰った後少し眠りこんだ中佐は小一の亡霊によって起こされ、その亡霊に導かれてお国のところへ行く(12)。

お国は、土瓶の中の水を飲んでいる。それを無理に奪いとって中佐も飲む。この時、お国は姉川中佐に土瓶の中が毒であることを告げられたのに告げていない。ここに心中であるという根拠をみいだしているのであろうか。結局二人は砒素の入っている水を飲んで死ぬ。姉川家は崩壊する。姉川中佐は軍人として成功し、姉川家は隆盛している。しかし、跡取がいない。お国の考えている「家」はもはや存続不可能になった。それでお国は絶望し、また姉川中佐が小一を殺して財産を一人占めにするつもりであると思い、お国は生きる意味を失うのである。剣持武彦は「結果的には無理心中のようになる結末である。この作品の結末のイメージは誰しも気づくように一葉の「にごりえ」の結末のイメージと著しく似ている。」（剣持・23頁）と述べている。お国の性格からすると心中は重すぎる。お国の性格はもっと単純である。姉川に対して恨みはあるものの毒殺することまでは考えていなかったと思う。私は、滝藤の「『うたたね』を深刻小説とみる」論と意見を異にするところであるが、当時流行していた深刻小説の要素を少しはとり入れたのかもしれない。お国の心の中は、「早く小一のところへいきたい」それだけであると考える。姉川中佐をお国のところまでひっぱっていったのは小一の亡霊である。以前、高家屯の宿舎で姉川中佐が死のうとした時、小一の亡霊はそれを止めた。

さすがに小銃の筒先を苦悶の湧き上る胸のほとりへ押しあてゝ見れば、露よりもはかない人の命だ、噫、はかない、悪意あつて産の子の命をとるものは、罪は奈落の底へ落ちて無間の呵責を受けるは尤、可愛し子を吾手にかけて、悲みのうちの悲み、夢のうちの夢、腸もちぎるゝばかりの中佐の大罪は、そも〳〵いかなる地獄へ落ちることだろう。（中略）えい、と足の親指で引金を外さうとする、すると筒先を持ち添へた右の手にすがりつくものがあつた。おや、おかしい、と振り向いて見れば、人影のあるべき筈がない。えゝ、迷だ、迷だ、とおそろしく、かなしくなつて、無造作に筒先を持添へると、また右の手にすがりつくものがある。死んだ小一のやうだ。心の迷か、小一の霊が中佐の目に見えたのは、この夜が始めてだ。（藤村16・469頁）

ここで中佐は自殺を思い留まる。どうせ死ぬならお国の為に、小一の回向のためにと思う。しかし、今回はどうしたことか。小一が姉川中佐を砒素のあるところまで連れていった。小一が姉川中佐に砒素を飲ませた様なものである。小一が二人を心中させたとみることはできるのではないだろうか。

以上、『うたたね』のあらすじを述べた。本論では、姉川家の崩壊を通じて明治の近代社会における個の確立の問題と関連づけて論じる。

『うたたね』で顕著にみられるのは、お国の家に対する執着と養子夫婦であること、小一、留の情緒の不安定さ、姉川少佐と吉沢との友情の人並はずれたところである[13]。つまり、お国の家への執着は小一への過剰な期待となって現れ、小一、留の精神の不安定さは、社会で定着できない面を見せ、それが家庭環境特に夫婦間の問題、父親との関係などに問題のあることを露呈している。姉川少佐と吉沢との友情の人並でないのは、吉沢の死による姉川少佐の躁的防衛となって大悲劇へと展開する。

お君とお菊は大変自立した人物として描かれている。しかし彼女たちは、封建的家父長制になんら疑問を抱いていない。彼女たちを自立へと導いているのは、お君の器量のまずさやお菊の許婚の死などの運命的なものがある。二人の自立の条件として精神的安定と肯定的情緒、専門分野における技術と知識がある。ここでは、短歌、琴、生花などで、これは明治時代において、女が自立できる手段であったことを表している。

作者は『うたたね』において、登場人物は精神的不安定と安定、精神の自立と自立していないという形体、夫婦は心理の起伏の対称的な夫婦を登場させ作品を構成している。そしてそれによってより近代の意味を明確に形象化しようとしている。また、結末が登場人物の死と生との二分化によって終焉するこのドラマは明らかに日本の近代社会に残存している矛盾を形象化している。

次に作品を「家の幻想」「家の崩壊、形骸としての家」「「親子だつて他人だ」の意味」という小題をつけ、より詳細な分析を試みる。

まず「家の幻想」では、登場人物の心理の変化に言及し、「姉川家」というものが幻想でしかありえなかったことを論じ、「家の崩壊、形骸としての家」では幻想でしかありえなかったが為に、死による姉川一家の崩壊を論じる。ここにおいては姉川一家の死だけでなく留、留の母親、吉沢夫婦の死なども論じる。「「親子だつて他人だ」の意味」では、結局家族というものは、知的・情緒的・感情的交流が必要であり、個人の確立による個人的交流、人間的つながり、人格的出会いがないと存続できなくて崩壊することを論じる。また、それらの原因を社会的、心理的側面から考察する。

二　家の幻想

『うたたね』には、三家族が登場する。その家族とは、姉川一家であり、吉沢一家であり、留とその母親である。姉川一家は『うたたね』の中心人物であり幻想としての家そのものである。幻想と言える要因としてまず言えるのは、姉川夫婦の関係が均等でないから情緒的感情的交流のないこと、だから実質としての家族といえない様相を呈している。姉川少佐は姉川家に入った養子である。

少佐はもと姉川の家の学僕であつたのだ。母親の織つた羽織を七つ屋へ殺して酔へや歌へと浮れてあるく年頃にしては、あれは見上げた男だとお国の父から大褒めに褒められて、無骨者の気まづさお国と恥かしい盃をしたは、今から思ふと昔の夢なのだ。養子論なぞが出ると片端からおそろしく反対を唱へて、糠三合を擔出した英雄が、いよ〳〵姉川を名乗つてからは、謹慎な、口かずの寡ない人になつて、養父の恩義を思出しては気まづいことを諦めてゐる。お国は年をとるに随つて迷深い、野心の高い女になつて、男のすることに点を打つといふ風であるから、少佐はいつでも高笑をして、お国の泣言を消してしまふのが癖だ。(藤村16・427―428頁)

このように、姉川を名乗ってからは寡黙な人になり、気まずいことも諦めている。このような夫婦であるから、自ら、妻であるお国の印象は、「冷かに鋭い目元、剣のあるお国の顔、勝気な口前、火花をちらしてゐる」(藤村16・420頁)という風になる。これは、夫との心の交流のなさからくる欲求不満の精神状態の見られる印象であるともいえるが、もうひとつは、お国の中には、姉川家を存続させ立派な家門にしなければならないという責任感がある。これは養子である姉川少佐よりも事実上の姉川家の人間であるお国の方が強いといえる。このお国の「家」にたいする責任感は息子の小一をなんとか出世させなければならないという観念に集中する。(14) 小一が春の試験で落第と決まり学校をやめたとき、姉川少佐は家で小一を教え始める。

六畳の椽先に大な一閑張の机をすえさして、学校から見放された小一を、なにお父さんが教えてやろうと、内稽古の事に定めた。行末は軍人に仕込で父の名を継がせたいなど〻、夫婦がこれを楽しみにしてゐたのを、なんぼなんでも昨日習つたことを今日忘れてしまふとは記憶のわるいやつめ、小気の利いたことも言ひながら、例の一閑張に向ふとなると、冷汗がたら〳〵と流れて物を見る目が水のやうに濁つてしまう。さなきだに浅い心で側に見てゐるお国がもどかしがり、あなたの教え方が悪いと、夫の腕に紫の歯の痕もつけかねぬほど口惜がれば、腹は立ちながらも少佐は例の高笑いに隠して、また寂しそうに笑い直した。（藤村16・428頁）

ここにはできの悪い息子よりも教え方がわるいといって姉川少佐を責めるお国のことがよく描かれている。結局、小一は学問の道を諦め横浜の金物問屋へ奉公することに決まった。ここでもお国は「小一、商人になるのなら大商人におなりよ、えらいものになつてお呉よ、」（藤村16・428頁）と出世することを述べる。「えらいものになつてお呉よ」は家のためである。

それでは、小一と姉川との関係はどうであろうか。姉川にとって小一は義父の恩義に報いる大切なものという観念がある。「考へて見れば吾子ながらも養家の義理ある相続者だ」（藤村16・469頁）と姉川は考え、お国と同じように小一を息子としてよりも姉川家の跡取りとみている。だから父と子としての情緒的・感情的交わりは姉川と小一の間では成立しない。小一が小学校で巾着を盗んで恐れている時も、いつもと違う道を通って家に帰るので、本来なら偶然として姉川と小一をあわせても無理はない筈であるのに、作者はわざわざすれ違わせている。次の場面である。

夢のやうに馳け、うつゝのやうに歩いて、常の路はわざと通らず、五番町から千鳥が池へぬけた。物蔭に紅い巾着を取出してあけて見ると、五銭の白銅が三つ入てゐた。来る人に気をつけて土手を伝つて行くと、草は黄色になつて柳の葉がぱら〳〵と落ちてゐる。うしろの方から塵埃を蹴立て五六人の騎兵が馳けて来たが、馬蹄の音を高く残して行つてしまふ。すこし後ればせに背の高い馬に乗つて、でつぷりと肥つた、鷹揚な、いさましい風をして、日の光に剣がきら〳〵して見えるのは、小一の父だ、少佐だ。馬の姿がきわだつて柳の樹の蔭から見えつ隠れつしてゐたが、これも蹄の音のみを残して行つてしまつた。（藤村16・424頁）

その他にも、狂言「一の谷」をみて泣いている小一をみて小一の心を理解しようともしない。奉公先を飛び出した小一が三年ぶりに帰った時もおおいに叱ろうと思っていたのにお国の希望により叱らずじまいである。

必ず〳〵これ迄の不埒を叱り飛ばして、きびしく後来を戒めてやろうと、矢庭に大力身でゐる中佐とお国とは、また思はくも違ひ、あゝいふ気性の小一ですから復た一図に思ひつめて、二度と行衛でも知れなくなつて御覧なさい、とお国は分別顔に押しなだめてしまつた。中佐も砕けて、「大馬鹿め」と言ひ捨てたまゝ、その日は例の馬乗に出掛て行つた。（藤村16・438頁）

このような父子関係であるから当然戦場での小一の恐怖、迷いは父親である姉川中佐には届かない。ここに大悲劇の起こる要因がある。

三　家の崩壊、形骸としての家

この章では姉川家の崩壊を論じながら吉沢家との関連についても論じる。吉沢一家は『うたたね』の中で具体的に描かれているところは少ない。しかし、重要な役割を果たしている。

小説の冒頭部分で吉沢のおばさんとお菊と姉川一家と姉川少佐の妹であるお君とが狂言を見に行くところがある。そもそも行く事になった理由は、吉沢家が京都へ移ることになりお別れの観劇であった。このとき吉沢はすでに京都に行っていなかった。しかも、狂言は「一の谷」である。登場人物の死ぬ伏線であると見られないこともない。ここでの吉沢のおばさんの印象は次のようである。

　吉沢のおばさんは至極物寂しい、色艶の薄い、沈みがちな、ひかへめな女であるし（中略）吉沢のおばさんは少量ばかりの御酒に赤くなつて、頭痛持らしい顔をして、土間の方を向いてしまつた。（藤村16・420―421頁）

またお菊の印象は、

　小一が許婚のお菊といふ眉目の麗い、口元のやさしい、鹿の子をあしらつた桃われのよく似合のは、このおばさんの娘だ。（藤村16・421頁）

以後お菊は最後まで登場するが、吉沢のおばさんはこの場限りである。吉沢のおじさんは語られるだけで実在の人物としては出てこない。しかし、「少佐の楽は吉沢から来る手紙で、月に一度位は必ず往復して、いつでも軍服のかくしの中に吉沢の手紙が入れてある位だ。」（藤村16・436頁）という程に姉川少佐にとって吉沢は親しい友人である。いつも軍服のかくしに吉沢の手紙を入れておく。このような関係であるだけに吉沢の死を知った姉川の悲しみは深い。

　土用の丑といふ日、鰻屋の団扇の音もいそがしい暮方、声の高い郵便やが投げこんで行つたのを、少佐は微笑でとりあげて見た。女文字のちら〳〵筆のゆきかたは小一が許婚の手で、千蔭あたりを習つた具合はうまいもの。少佐は何の気なしに微笑だが、また気がついて嘆息した。女の手紙はくどいぞ〳〵と読んでゆくうちに、京は虎烈拉の流行、吉沢もそれゆゑの入院で、母は人のとめるのも聞かず無理やりに看病するうち、二人とも三日目に病院で亡くなつたとのこと。噫、なるほど筆の跡もふるへて、歴々と涙がにじんでゐた。（藤村16・436頁）

このような吉沢の死は姉川少佐に心理の変化を及ぼす。それはその後の姉川の行動に決定的な影響を及ぼす。

　背にもかへられぬと思ひ思はれた無二の親友が、世に亡い人となつてからは、薄暗い憂愁に閉されてゐた少佐が、にはかに愁の戸を放れて光ある窓へと進んできた。言葉も急に元気づいて、時々は高い笑声をして、落窪だ眼もぎら〳〵と光を増してきた。

　姉川君、大分血色がわるいね、酷く考へこんでるがまた疝気筋かい、と同僚になぶられてゐた少佐が、次第に心の斧の錆を落して、あべこべに同僚の弱点へ切込むほどの元気になる。捨て、置いた兵事上の研究から、うつちやりぱなしの家の経済までも、細く手にかけて、身を粉にして勤めを励むやうになつた。（藤村16・436頁）

この他にも好きな馬乗りをはじめたり、庭の手入れをしたりした。少佐の日々の愁いをふっきった様子がうかがえる。それは、小一銃殺の場面でも描写されている。

白い晒で顔をかくされたので、蒼ざめた兵士の面相は見えなくなつた。群集は汗を握つて、一斉に中佐の顔を眺めてゐる。なかには中佐の顔を見るに堪えないで、脇を向いてゐるのもあつた。さすがに三吉も心の底を掻きむしられるやうな気がして、中佐の方を見るに見かねて、目を瞑した。また怖いもの見たさに、白楊の樹の上から眺めると、中佐は鉄砲を執つて、兵士をめがけて狙をつけてゐた。中佐は顔色も変らない、手も戦栗へない、体も動かない、中佐のすることは白い日の光に画のやうに見える。（藤村16・466―467頁）

中佐はわが子を撃つのに顔色もかわらない、手もふるえない、体も動かない、つまり微動だもしないで、撃つ。これは普通の精神状態といえるだろうか。『タラス・ブーリバ』の影響をここに見、ブーリバが自分の息子を撃ったように姉川も撃ったとみられないこともない（剣持論文参照。『タラス・ブーリバ』については、同論文注（7）を参照されたい）。息子を撃つという場面設定に関しては影響をみることもできるであろうが、この精神的状態はそれだけでは説明がつきにくい。小一銃殺後、姉川中佐は、次のような独白をのべる。

夫婦の契りといへば縁のうちの縁、楽のうちの楽、それがこうした涙になるかと思へば、そもく最愛な子を産み落したのが過ちであろう、かりそめの添寝の夢が可愛い塊となつて、思ひもよらぬ切ない嘆きに変つてしまつた。（藤村16・468頁）

ここで愛のない結婚をしたという後悔の念が如実に表れている。つまり、姉川は好きでもないお国と養子縁組をしたのだ。これはなんの為だったのか。「姉川家」の為であり、姉川自身の身分上昇のためだったのではなかっただろうか。一方、お国はお菊に次のように語る。

養子は薄情なものですよ。旅順口から来た手紙の中に書いてあつたことは、みんな嘘で、小一やわたしを殺してしまつて、この姉川の家を取ろうといふ了見だ。あゝ男は恐ろしい。男の腹の中には何が巧んであるのか知れやしない。この年まで連添つてきて、うまく欺されたか思ふのがくやしい。あんな恐しい人と一緒になつてゐるよりか、早く小一のやうになつてしまいたい。腰ぬけと言はれませうが、面よごしと言はれませうが、骨無し、弱虫と言はれませうが、なんとでも御勝手におつしやい。わたしや腰ぬけの小一が可愛そうでなりません。と言へばまたお菊さんに笑はれるかもしれないが、子供を産むもんぢやありませんねぇ。（藤村16・480頁）

お国には姉川中佐の軍人としての義務感などは理解できない。小一の脱走がどんなに罪の重いものであるかも全然理解できない。お国の子に対する盲目の愛は姉川中佐への憎しみに変わり早く小一のいるところへ行きたいという死への願望となって表れる。最後のクライマックスの場面である。

　すると小一の霊が中佐の手を執つて、無理に引くやうな心地がした。馬鹿な、迷だとは思ひながらもよろ〳〵其手に引かれてゆくと、四畳半のところまできて、その霊は見えなくなつた。唐紙を引きあけて見れば、お国が独りで泣きむせんでゐる。「お国」と声をかけて、いきなり後より覗いて見ると、瀬戸の土瓶のやうなものを隠した。

「お国、今隠したのは何ぢや」

「なんにも隠しやしませんよ。」お国の声は震へてゐる。

「いゝや、隠した。土瓶を隠した。その証拠には茶碗がこゝにあるではないか。」と茶飲茶椀をとりあげて、お国へさしつけて、

「我は咽喉がかわいて、なにか飲みたくつて仕様がない。どうか、さうお仰らずに、水でも、茶でも、湯でもいゝから、その土瓶のものをついでくれ。」

「あなたは疑り深いよ。」

「いゝえ、なにも疑ひはしないよ、親愛なる君のことだもの。咽喉が乾くから水をほしいと言つたばかりだ。」

　無理にお国の隠した土瓶を取ろうとした。お国はさみしそうに笑つて、

「ぢやあ、上るからお待ちなさい。」

「それ見よ。」

「私が一盃のんだ上で。」

「結構。」

お国は冷かな笑をしながら、土瓶を取出して、一口ぐつと飲干して、また飲まうとした。

「おい〳〵そんなに自分ばかりで飲んぢやいけない。お前はほんとに狡いよ。吾にも呉れろよ。」

とお国のもつてゐた茶椀を力づくで奪ひとつて、何ごゝろなく口元までもつてくると、汲みたてのやうに澄んだ水だ。

「ありがたい、堀井戸か。あ、酔醒の水は甘露。甘露。」

中佐は飲干して、胸を撫でゝゐた。（藤村16・481頁—482頁）

お国と姉川中佐の死の直前の場面である。第二番目のクライマックスである。ここまでくると作者の筆は冴え、あたかもシェークスピアの大悲劇を思わせる場面である。姉川中佐の死が事故死か心中かという論議も起こってくるだろう。私としては事故死であると考えるが、かと言って言い切れるものではない。なぜなら、中佐が土瓶を奪いとった時、お国はただ黙っていた。淋しい笑いの含んだ表情をして。心中するほど二人にはどんな愛であれ愛というものが存在していたとは言えないが、姉川中佐の死は小一の導きである。それをお国は容認したことになる。

小一の亡霊は、中佐を死へと招いた。ここで「姉川家」は崩壊した。「もう封建的家父長制による家族関係では本当の家族は成立しない」ということを如実に表しているといえるのではないだろうか。また、死因が砒素という毒薬であることを近代医学によって突きとめられたことも封建遺制の崩壊という意味で象徴的であるといえる。次の場面がそうである。

三人ほど医師《いしや》の馳けつけて来たころには、二人ともに手遅れとなつて、注射も利かなかつた。芥子を溶いて足の裏に貼つて見たがそれも無益《むだ》であつた。竹庵先生の見立には真正《しんしやう》な流行病《はやりやまい》であると言つたが、鑑識《めきゝ》の高い医学士のいふには、決して虎印《とらじるし》ではない、この烈しい吐瀉を起させたものがあるだろうと、そこゝと探して見ると、果然《はたして》、瀬戸の土瓶のなかに砒石といふ毒薬が多量に入れてあつた。（藤村16・484頁）

毒薬を小説的装置として使ったところに『ハムレット』との関係をみることができる。

姉川夫婦の死、吉沢夫婦の死と共にもう一つの家族の死として留親子の死がある。留とは小一が横浜の金物問屋へ奉公にいった時知り合った。留は生まれた時から父親の顔を知らない。まだ母親の若くて水仕奉公にでているとき桂庵で産み落としたのが留だ。母ひとり子ひとりである。

朋輩に留さんといふ小僧がゐる。留さんは小一より新米だ。年は一つ上の中で、引込思案な、おずくとした、話に尻のない風で、交際つて見ると川柳の好な、御幣かつぎな、母親のことばかり苦にしてゐる人だ。小一が三里をすへてやつたのが、そもく留さんと懇誼になつた始で、哀な履歴話を聞いて同情を持つてゐた。留さんは「親子だつて他人だ」といふ金句を口癖のやうに聞かせて、元気のいい時には川柳を吟る癖がある。（藤村16・430頁）

そんな留さんが変わった。

春立つ正月の宿入りに行つて来てから、留さんはぱつたり川柳をやめた。丸顔な留さんがこの頃は痩衰て、何か思ひ出しては溜息をついて、からつきし元気がない。提灯の火の消えたやうに、留さんの身の周囲には暗い迷霧がまつはつてゐるやうだ。時とすると、土蔵の白壁へ身をもたせかけて、まるで死んだやうになつて、留さんと呼んでも返事をしないこともある。（中略）留さんは土蔵の壁へよりかゝつて、逢ひにきた母親の後姿を見送つてゐた。背のひくい、色の黒い母親が行つてしまふと、留さんが悲しい顔をして向ふの方をむいて、（中略）「なあに、親子だつて他人だ。」とつぶやいてゐた。（藤村16・430頁）

母親がどんな消息を留にもたらしたかはこのような描写だけでは推し量ることができないが「親子だつて他人だ」という言葉から推して留の母親は留の幼い時に他家へ嫁いでいた可能性がある。もうひとつの可能性としては遊郭の女ではなかったろうかというのである。(15) このような環境で育った留は、小一と同じ様に自己の確立ができていない。そんな留は奉公先から小一と一緒に逃亡し、軍隊に入隊したものの船酔いのため花園河口に上陸したあと小一にみとられて死ぬ。

月の光は小な窓櫺からさしこんで、留さんの蒼ざめた顔が真白に見える。いかさま川柳を自慢したり、母親のことを苦にしたり、深い溜息を吐いたりした口唇は、堅くしまつて紫色になつていた。一生父親の顔も見ないで、どんな人だか素性も知らないで、小一の腕に抱かれながら早や石のやうに冷たくなつてしまつた。(藤村16・460頁)

親子でありながら情緒的感情的交わりのない留親子も崩壊するしかないのだ。「親子だつて他人だ」は『うたたね』のキーワードである。

四 「親子だつて他人だ」の意味

父の役割は家族を統合し、理念をあげ、文化を伝え、社会のルールを教えることにある。この役割が失われると子供は判断の基準、行動の原理を身につける機会を逸してしまう。いじめや不登校がおこり、利己的な人間、無気力な人間がふえるのもこの延長線上にある。(16)

小一の無気力さ、つまり何をやっても中途半端なところは、この父性の欠如にある。前にも述べたが姉川中佐は何事にたいしても寡黙でただ笑ってすますだけである。これは、現代における心理臨床例としても数多くあらわれている。それを林道義は次のように語っている。

このごろはっきりした症状を訴えるよりは、単に無気力なだけの患者が多くなったということである。私の経験からいっても、今までのように心のあり方が歪められたとか、心のエネルギーがおかしな流れ方をしているというよりは、端的に心的エネルギーが低いだけという患者が増えているという印象である。こういう患者は、治療の約束ごと、たとえば時間を守ることができず、一般にルールを守れないという特徴を持っている。表面的にはずぼらとか怠慢として現れるが、根底には父性欠如からくる秩序感覚に欠陥がある者が多いのである。（林・5頁）

先述したように小一が机に座ると、冷汗がたらたらと流れて物を見る目が水のように濁ってしまうのがそうだ。そして、父性の欠如の結果、子供たちは母性と共生するようになり、公私の区別や善悪のけじめがつきにくくなっている。それは、現代でいえば電車の中でのお化粧とか公衆を意識しない自分勝手な行動とか、陰湿ないじめなどによってみられる。

前章で扱った『たけくらべ』の美登利の不登校も父性の欠如からではないかとみる。美登利は両親がいながら遊女になる運命にいる。美登利の姉もそうである。それは父親の無能をあらわしていると言える。

結論を先急ぎしすぎるかもしれないが、明治時代の父性の欠如を考えてみれば、封建的家父長制を残存させることによって、封建秩序と権力を維持しようとした日本の近代社会は滅びるしかなかった。父性がなければ家族は成り立たない。

ではここで父性がいかなる意味で子供の発達にとって大切なのかを、小一の性格と対照しながら論じる。

「フロイトにとっては父親は去勢の恐怖の源泉であり、服従か反抗を迫る権威主義的な存在として現れた。個人の内部に形成される良心も、父親の道徳的命令や禁止が内面化したものと理解されていた。」と林は述べている（林・35頁）。これに対して、「ローワルドは一九五一年に、男の子が幼いころから父親に対して肯定的なイメージを見て、それに積極的に同一化しようとし、それが自我の発達にとってきわめて重要であると述べている。また、彼は男の子が母親から分離するさいに、子どもが母親に呑み込まれる危険の中に陥ったときに、子どもが母親に対抗する力を父親が与えるとも述べている。」（林・35—36頁）。

これはノイマンに引き継がれる。

「ノイマンによれば出来上がりつつある自我は絶えず母なるウロボロスの中に引き戻され、呑み込まれ、溶解してしまう危険にさらされている。この危険に対抗して、自我・意識の発達を促し守るのが男性性と父性である。」と林は述べている（林・37頁）。母子共生の中にある子供にとって父は最初の対象であり、初めて出会う現実である。母が安心してくつろげるふところ、要求を満たしてくれる味方であるとすれば、父は新しい刺激を与え外の現実を体験させるという重要な役割を担っている。

しかし小一の場合はどうであろうか。お国は時々小一を抱きしめその頬に自分の頬をすりよせる。小一が奉公にでていた時も休暇で家に帰ると、何でも好きなものを持っていけ、背負っていけという。小一はこのように母子共生から抜け出られず父親の存在はまったく現実感のないものとなっている。

これは九歳で父のもとを離れて上京した藤村が父親をまったく現実感のない存在として受けとめているのと同じである。

父性の存在が息子の現実社会における適応性を養うと述べたが、もうひとつ重要な役割として性の分化という作業がある。父親は心理的に子供の性的な分化を促す働きをするのである。よって、小一に男らしさが見られないのは当然のことである。「小一は色白な、男に惜しいほどの髪の毛の美しい、花車な風俗をしてゐる」（藤村16・420頁）。しかし、一度、小一が筋肉のついた色の黒い男として現れたときがある。それは出奔から三年目に家に帰った時である。

おもひもよらない時に帰つてきた小一を見るに、花車な優しい昔の俤を思へば見違へる程の男になつて、骨格などのしつかりとした、苦労もしたらしい様子に、お国は胸が迫つて泣くばかりであつた。（藤村16・438頁）

それもやがてはもとの色の白い華奢な美しい男になる。

横浜以来の自堕落から筋肉ばかり思ふまゝ成長して、延び放第の草のやうに、見ちがえる程の姿となつた小一が、このごろはどうやら子供の昔の優美な風情もあらはれて、生れつきて美童と言はれた面影が浮いてきたやうだ。不思議なものは恋さ、こまかい情の青砥にかけられて、おのづから秀た生地までが光つてきた。（藤村16・447頁）

小一は三年間どこで何をしてきたのか決して語ろうとはしない。また、お国や姉川中佐も聞こうとしない。帰宅後、小一は重い病にかかりお菊の手厚い看病により全快する。いままでこの奉公先からの出奔と重い病については論じられていないのであるが、私は、これを母性から離れるための、そして自我同一のための通過儀礼（イニシエーション）とみる。三年の出奔からの後、小一は母親の手からお菊の元へと移されている。そして住まいも、母親のいる番町からお君のいる浜町へと移っている。ここで小一は再生する。今までに味わったことのない解放感と幸福を感じる。

春の光はのどかに花の梢をてらして麗な夢心地を極める時となつた。これまで小一は生涯をういものつらいものとばかり諦めて、寝床のなかにうつぶしては、病の枕を抱きしめて身の薄命を嘆いてゐた。それが親切なお菊の看病を受けて、次第に快くなつて見れば、失敗勝な生涯もどうやら静閑な光を浴びてくるやうに思はれる。今迄の生涯から割出して見ると、これほど楽しい時があろうとはおもはれない位だ。小一はこれまでこんな楽しい春にめぐりあつたことはない。噫、行末どんな運がひらけてきて、小一の身に花がさくことだろう。（藤村16・444―445頁）

しかし作者藤村は小一の通過儀礼を不十分なものと見、小一を破滅へと導いていく。実際、父親が姉川中佐のように弱い立場にいると子供は常に強い不安と被害妄想と不眠症に悩まされる。小一が軍隊で死の恐怖にかられて逃亡するのがいい例である。留においても同じである。留における父親不在は奉公先からの逃亡、さびしい様子、軍隊での死などによって如実にあらわされる。また、秩序感覚の欠如も指摘される。秩序感覚を林は次のように説明する。

秩序感覚を教える場合に大切なことは、家庭の中に親によってすでに健全な秩序が存在していることである。つまり親が家庭の中で健全な秩序やルールをつくりだしていて、それを自然に守っているという雰囲気があって初めて、子どももその秩序の中で自然にそうした感覚を学びとっていくのである。

そうした中で子どもは自然に構成力を身につけていく。この構成力こそが社会規範を学ぶときに重大な作用をするのである。社会の規範、マナー、礼儀を教えるときに子どもが構成力を持っているか否かで決定的な違いが生ずる。構成力を持っている子どもは容易にモラルを身につけることができるが、持っていない子どもは社会的なモラルを身につけることができないのである。なぜならば、モラルを認識し守るためには、自己の欲望や感情をコントロールし、自分なりの適切な生活の目標と秩序を設定し守る能力、つまり構成力が要求されるからである。モラルを遵守する能力と構成力とは密接に関係しているのである。（林・64―65頁）

また、林は構成力について次のようにいう。「つまり構成力とは「異なった諸要素を意味ある全体へとまとめあげる力」であるから、構成力のない父親は当然、家族をまとめあげる力もないわけである」（林・76頁）。このような父親のもとでは家族間の協力関係もつくりあげることができない。また、姉川中佐の戦場での小一銃殺は次のように説明することができる。「ユングは人間の認識の中に投影という心の働きが関わってくる点に注目した。投影とは、自分の心の中のイメージを対象物の中に移し入れて、その対象物の性質だと思い込むという心理である。」と林はいう（林・100頁）。これは「客観的認識が歪んでしまうのである。」（林・100頁）。このイメージには、コンプレックスと元型とがあるが、姉川中佐の場合は元型のイメージである「元型的イメージとは、たとえば「偉大な指導者」とか「救済者」「悪魔のような悪者」などといったイメージである。これは人間が普遍的に生まれつき持っているものであり、たいてい集団的に現れるという性質を持っている。（中略）人々は自らの元型的イメージを自覚しないでそれに憑かれているために、それによる認識の歪みを自覚することができず、反省を加えることができなかったのである。元型的イメージには非常に強い情動が伴うので、強烈な行動を引き起こしやすい」（林・100―101頁）。明治社会の元型的イメージは天皇に対してのものである。全て天皇の名によってということで行なえば、明治政府が行なった植民地政策による大陸進出もこれで正当化される。数十万人の日本人が戦場に行き命をささげたのもこれで説明がつく。姉川中佐が軍の規律を乱したという理由で小一を銃殺したのも、姉川中佐の意識のなかでは天皇の命にそむいた一軍人としての小一という認識が、息子小一という認識よりも大きく作用したに相違ない。姉川中佐における元型的イメージである。

父性の存続でもっとも大切なものは夫婦の愛である。父が家族の愛を持ちうるためには夫婦の愛がなければならない。夫婦の愛があってはじめて父も母も子供への愛をもつことができる。幸せな結婚をしなかった人間、愛がなくて結婚した人間は子供にたいして愛をもつことができない。姉川の結婚を悔いる次のような独白は愛のない結婚を悔やんでいる内容である。

よく〳〵因果な子を持つたと、少佐は胸を叩いて苦痛を押へてゐた。潮のやうに深い悲哀が湧き上つて、盾のやうな厳畳《がんじょう》な胸のなかは一ぱいになつてくる。（中略）因果な種を蒔いて見れば、やがてはへたものは苦労の塊だろう、とこんな考に引込れて、矢はつまり小一へ落ちて来た。実際お国は少佐の気に入らない、家へ帰れば沈黙が倍増の沈黙になつて、厭で厭でならない時にひよいと出来たのは小一だ。可愛のが産れて見れば、不思議にお国のことも苦にならなくなつた、とはいふもの、あんな理由で出来た小一だから斯した苦労をするのであろうか。（藤村16・435—436頁）

先代の恩義に報いるために、また身分の向上を目指したために結婚した姉川少佐に夫婦愛が存在するはずがない。そもそも明治時代の養子制度は奴隷制に等しいのである。(17)

姉川少佐のように、父親が権威をもって価値を示すことができない人間の子供は自分なりの価値観を持つことができないし、社会人として必要な社会規範を身に付けることもできなくなる。信念にもモラルという原理にも従って行動することができないで、ただその場その場で自分の利益を追求するか、欲望を満たそうとすることしかできない人間になってしまう。子供にとっては、批判しぶつかっていく対象であるにしろ、目標として獲得したい対象であるにしろ、父親は権威があるほうが望ましいのである。目標や基準を与える権威がないと、子供は五里霧中の中で自力で価値を探さなければならないことになる。それはたいていの子供にとっては無理な課題なので、結局子供は自我の基準となる価値観を獲得できないまま、無気力となってやがて社会から落ちこぼれるか、反抗的となってやがて社会の無法者となって社会と対立するか、利己的となって物質的利益を追求するか、いずれかとなる。明治文学で優柔不断な社会人を描いた作品は多いが、漱石の作品にもそれは見られる。漱石はこのような明治の近代人に警鐘を発した。当時のインテリ読者は、こうした人間類型の描写に共感があったと考えられる。それは小説の主人公たちは皆漱石の子供の世代であり弟子の世代であったからだ。

以上、父性喪失の現実性について述べた。しかし、もともと日本が母性社会であったことを考えると父性喪失から起こる諸問題の背景に母性社会の特質が存在しているのではないかと考える。河合隼雄は『母性社会日本の病理』(18)の中で母性原理について次のように述べている。

母性の原理は「包含する」機能によって示される。それはすべてのものを良きにつけ悪しきにつけ包みこんでしまい、そこではすべてのものが絶対的な平等性をもつ。「わが子であるかぎり」すべて平等に可愛いのであり、それは子供の個性や能力とは関係のないことである。

しかしながら、母親は子供が勝手に母の膝下を離れることを許さない。それは子供の危険を守るためでもあるし、母―子一体という根本原理の破壊を許さぬためといってもよい。このようなとき、時に動物の母親が実際にすることがあるが、母は子供を呑みこんでしまうのである。かくて、母性原理はその肯定的な面においては、生み育てるものであり、否定的には、呑みこみ、しがみつきして、死に到らしめる面をもっている。

ここでいう「呑みこみ、しがみつきして、死に到らしめる面をもっている」ことは非常に重大な部分である。父性喪失の現状においては特に重要である。まさにお国の小一にたいする母性そのもののようであるからである。姉川中佐が結局小一を銃殺するのは父性の復権を姉川中佐の中では望んでいたことの証ではないか。前述したように元型イメージによると言及したが、それは無意識の世界のことである。しかし、姉川中佐の意識の中では父性復権の為に我が子を殺さねばならなかった。ここに近代社会の悲劇がある。これは日本の近代社会がいまだ合理的な西欧近代を充分に学び得ていない意味での未成熟である。もうひとつの未成熟を表すものとして、お国の小一に対する異常な愛情を述べることができる。

お国にとっては、小一の銃殺に対して、軍から離脱したのは悪いが、そうだからといって小一を殺さなくてもいいではないか、という論理がある。その他にもお国の小一に対する甘さはいたるところにみられる。小学校の試験で落第と決まった時、学校へいかない小一を家で姉川少佐が教えることになった時も、小一のできの悪さを責めるよりも姉川少佐の教え方が悪いといってかみつきそうになっている。とうてい勉学ではだめだとわかると、商人になって偉くなっておくれという。商人がつらいという小一に対して、我慢しておくれと訓しながら家のものを「欲しいものがあらば持つてけ背負つてけ」（藤村16・428頁）という。小一が商家から抜け出して三年間行方不明になりその間お国は死ぬ思いをしたにもかかわらず、小一が帰ってくると、叱ろうとしていた姉川中佐に「あゝいふ気性の小一ですから復た一図に思ひつめて、二度と行衛でも知れなくなつて御覧なさい」（藤村16・438頁）といって叱らないようにする。小一が軍隊に入って広島へ移動する時も駅で人前をはばからずに泣く。許婚であるお菊よりも激しく泣く。

九時四十分の夜汽車は、一師団の兵を乗せて新橋を出発した。雨は蕭《さび》しく降つてゐる。相図の笛がなつたときに、見送の群は帽子を振つて、狂ふばかりに「万歳」を叫んでゐた。両手を挙げて大声を放つのもあつた。感じが極つて泣くのもあつた。見送にきたお国は名残を惜んで、途中で車から落ちそうにしたこともあつたが、停車場では浜町のおばさんとお菊とに助けられて、泣いてばかりゐた。（藤村16・454頁）

また、お国には明治の女特有の誇張された身分意識があっていつも小一に「えらいものになつてお呉よ」（藤村16・428頁）という。また、お国の独特な声や特別のやさしさをもったすすり泣きは鋭くて哀願的でいらいらしていて、誰もこの支配から逃れることはできない。これはお国自身が夫から認めてもらいたい、愛されたいという欲求の表れである。

『うたたね』ではこのようなお国を非常によく助けている女性としてお君を登場させている。お君は明治時代の先駆的女性を意識して登場させているとみることができるが、その社会性だけでなく家族の中でも姉川中佐が心から話せる人であり、家族の面倒もよくみている。お菊に歌を教えたり習いごとをさせたりして女としての自立を助けている。『うたたね』の中で自我同一性に達している唯一の登場人物である。ここで興味深いのはお君は十六の年に鏡を見ることをやめた、つまり女を捨てたときに自立の道を歩み始めたということである。これは、「我は女なりけるものを」と言って女であるがために自分の道を挫折せざるを得なかった一葉と対比して考えると、いや一葉だけでなく明治二十年代の女性たちをも含めて考えると、お君の自立は女を捨てたところで可能であったといえる。これは非常に重要な点である。

以上『うたたね』の作品分析を中心にその中心モチーフである家族の崩壊の様相を登場人物の心理の起伏やその状態を中心に論じてきた。そしてその様相の中から浮上してきたのが父性の欠如であり、大悲劇を引き起こす原因にもなることが証明された。結論として言えることは、父性の欠如による自我同一性の確立していない個人の集まりである家族関係は崩壊することを『うたたね』は如実に物語っているのである。

注

（1）　十川信介『島崎藤村』（昭和55年〈一九八〇〉筑摩書房）
（2）　三好行雄『島崎藤村論』（昭和58年〈一九八三〉筑摩書房）

（3）注（2）100頁。
（4）注（1）24―25頁。
（5）友重幸四郎「『うたたね』論素描―因果律を中心に―」（『日本文学研究（大東文化大学）』10、昭和57年〈一九八二〉、99頁）
（6）滝藤満義「うたたね論」（『国語と国文学』昭和53年〈一九八二〉3月、至文堂、60頁）
（7）これら一連のこと、つまり小学校中退と奉公にでることをとって、藤村の兄友弥がここに投影されているという見解があるが、それは無いというのが筆者の見解である。
（8）私はお君に一葉の投影をみる。
（9）躁的防衛とは、「抑うつ的不安（自分が大切なものをこわしてしまったという不安）への防衛であり、罪悪感、喪失感の否認と征服感、支配感、万能感とによって特徴づけられる。」（『精神医学辞典』昭和50年〈一九七五〉弘文堂）という。
（10）小学校の同級生が時々出没するのは、『たけくらべ』の影響ではないかという剣持の見解もある（剣持武彦「うたたね論」『島崎藤村研究』24、平成8年〈一九九六〉9月、双文社出版。以下、剣持論文の引用は同論文による）。
（11）ここに作者の戦争に対する肯定的な面を見ることができる。藤村は、封建的家父長制による家の存続には疑問を抱いていたが、戦争つまり海外進出という近代資本主義社会における国家の政策においては必然的なものであると思っていたのではないかと考える。日露戦争に従軍記者として参戦していた花袋に送った手紙からもそれは推測できる。
（12）この亡霊に導かれる場面は、シェークスピアの『ハムレット』を連想させられる。

(13) また、姉川少佐が内ポケットに吉沢からの手紙をいつも入れていることや、昇進した時にも吉沢を思い出していることなどからもうかがえる。
(14) 「立身出世を如実に示すものは軍人の階級であるが、姉川は少佐から中佐に昇進する。主人公は親のいうなりに、鉄物問屋に就職して〈えらいものになる〉か、昇進を早めるために志願兵となるしかない。」と武田喜代志が「牙城としての『若菜集』と近代批判―『うたたね』・『緑葉集』との関連―」(『秋田大学教育学部研究紀要(人文・社会)』平成2年〈一九九〇〉)で述べている。
(15) 『にごりえ』に遊郭で働く母親の話が出てくるが、これと類似している。
(16) 林道義『父性の復権』(平成8年〈一九九六〉中公新書)参照。以下、林論文の引用は同書による。
(17) 川島武宜『日本社会の家族的構成』(平成12年〈二〇〇〇〉岩波現代文庫)参照。
(18) 河合準雄『母性社会日本の病理』(昭和51年〈一九七六〉中公叢書、9頁)

『老嬢』のアンビバレンツ的性格

一　はじめに

『老嬢』には、大きくわけて四つの見解がある。畑実は、『日本近代文学』（昭和44年〈一九六九〉10月）に掲載された「『緑葉集』の諸作」という論文で次のように述べている。

『老嬢』は、教育を受けた女性の悲劇だ。（中略）教育を受けそれだけに他の女の人達と違った生き方をしよう、自由に生きようと考えながら、本能のままにすすんでいって失敗してしまう女の悲劇である（中略）。彼女は旧い体制に抵抗し、親も故郷も捨て去るが、結局は敗北に終わってしまう。ものを知ったが故の悲劇がそこに提示されている。いわゆる新しい女の型が示されているのだ。（中略）学問に父親が凝って発狂するという言葉の中に藤村の父親の姿が浮かんでこないか。そうなるとこれは、夏子を通して自分を含めた身のまわりの男の姿を変型さして出しているものとも言える。

このように、畑は、自由というものを知ったもの（女）の悲劇であり、夏子を通して自分を含めた身のまわりの男の姿を変型して出していると語っている。山田有策は、「『緑葉集』の世界その一―「藁草履」から「老嬢」まで―」（『東京女子大学紀要論集』26（1）、昭和50年〈一九七五〉9月）で『老嬢』のテーマを次のように語っている。

> 夏子はここで〈知識人〉であることの悲哀を語っている、教育を受け「新しい知慧の味」を知ってしまった者の悲しみを口にしているのである。（中略）言うまでもなく彼女はみずからの女としての肉体や性を無視し去ろうとしているのだ。彼女は〈新しい智慧の子〉としての己れにひたすら執着し、〈肉の子〉としての己れをみずからを圧殺しようとするのである。（中略）〈女の悲劇〉を〈物語〉ろうと試行したことは明らかであろう。ただ、その女を〈知識人〉として設定した点にこの「老嬢」の独自性が存在する。〈知識人〉である女がその〈知識性〉ゆえに自己崩壊し、最後的には〈肉の子〉としての自らに裏切られていく過程を、言いかえれば「猛烈な自然の力」の噴出に耐えられず狂人と化していく過程を描き出したもので、完結性をそれなりに備えた作品と言える。

山田は、『老嬢』は主人公を知識人として設定したことから藤村自身の生が忍び込み始めた作品であると規定し、夏子を襲う荒々しい本能の力は結局は彼女を悲劇の女性として貶めている。次に高阪薫は、「『緑葉集』から『破戒』へ」（『甲南大学紀要　文学編』21、昭和51年〈一九七六〉3月）の中で『老嬢』のモチーフの連なりについてこう語っている。

作者藤村は、女の生き方と幸福という問題にとりくみ、（中略）夏子―を当時の醇風美俗の良妻賢母型の女性―関子―に対比して新しい視点から描こうと試みたのであろう。（中略）ただ、注目すべきことは、夏子の新しい女の生き方から派生する人生問題が、次の「水彩画家」へ連なっていくモチーフなりテーマになっていったことである。

小林明子は、「『旧主人』及び『緑葉集』に関する一考察」（『国文白百合』18、昭和62年〈一九八七〉3月）で、既存の研究をふまえたうえで『旧主人』『緑葉集』を告白と本性という視点から捉えている。『老嬢』では女の本性の一つとして恋愛をあげている。「作者は女性にとって、恋愛とは必要不可欠なもの、女性自身の存在基盤をなすものと想定しているのである」と。また、告白の萌芽として、『老嬢』では独身の孤独感をあげている。

細川正義は、「藤村『緑葉集』の意義」（『九州女学院短期大学学術紀要』3、昭和52年〈一九七七〉12月）で、『緑葉集』で作者が獲得しようとしていたのは「孤独への歎きと寂寥感の地点」ではなかったかと述べている。

以上、『老嬢』に関する先行研究を紹介したが、大部分が『緑葉集』全体の中での一部分として前後の作品との関連性の上で論じられたものである。もう一度整理してみると

①夏子の新しい生き方を通してみた自由を知った女性の悲劇。

②登場人物に知識人を初めて設定―藤村自身の生が初めて作品の中に忍び込む。

③女の本性、本能の力は夏子を悲劇に落し入れる。
④藤村の文学の特質である告白の要素がみられる―孤独の歎きと寂寥感。
に分類される。しかし、筆者はもう少し異なった見解を展開するつもりである。つまり、『老嬢』という題目に焦点をあて、忠実なテキストの読みを通してそこから作者の真の意図に接近してみるつもりである。

二　『老嬢』にみられる「誇り」と「絶望」

1　「誇り」の様相

『老嬢』には老嬢である夏子と画家の三上と夏子の母親に人並ならぬ誇りがみられる。まず夏子について言及してみると、夏子は特に高学歴で、高い地位についている知識人の女性であるからその誇りはなおさらのことである。

『なにも子を産むばかりが女の事業《しごと》ぢやあるまいし。』と夏子は冷やかに微笑み乍ら、『関《かま》はない、何といわれたつて。片輪でもよう御座んす。罪人でもよう御座んす。実際、私達は世間の女と違ふんですから―思想《かんがへ》も、嗜好《たしなみ》も、極端に言へば道徳ですらも。』（藤村2・378頁）

「片輪」とか「罪人」といった表現を使いながら自分達は世間の女とは違うという誇りが如実に表れている。そして、「事業をする時ばかりですよ、真実《ほんたう》に活きて居るやうな心地《こゝろもち》のするのは。」（藤村2・378頁）と言い、知識人としての、キャリアウーマンとしての姿勢をみせている。

画家の三上はお金のための肖像画描きに疑問をもつ。そして、

画家は何の為に風景を眺めるんでせう。厭ぢや有りませんか、直ぐ其を画にしなくちやならないと言うのは。ですから、私は今一枚も自分の画が出来ません。出来なくてもいゝ。斯ういふ緑蔭に来て、小鳥のやうな気になつて居れば、何も画かなくつても、立派な画家だと思ふんです。（藤村2・389頁）

と画家としての誇りを夏子に吐露する。次に夏子の母親の誇りについて述べる。

私は瓜生さんの御父さんのことを克く記憶えて居ないけれど、御母さんの名誉心といふものは、お前、一通りぢやなかつたよ。女であんな名誉心の強い方は、まあ私や見たことがない、瓜生さんが第一の成績で、私達の学校を卒業した時分は、御母さんの気位は大変なものだつたからねえ。娘を呉れようという男は、まあ大臣位になれる見込がなきや、（藤村2・394―395頁）

夏子の女学校卒業の時のことをいっている。才色兼備の夏子をその母親がいかに誇りに思っていたかが知れる。その誇りはそのまま夏子の誇りとなって彼女の生涯に大きな影響を及ぼすのである。

2　「絶望」の様相

『老嬢』では登場人物達の誇り高い精神世界を描いてみせている一方、その誇りの裏に密んでいる絶望も同時に描いてみせている。まず夏子の社会に対する絶望の様相を述べる。

―何故、世の中は斯う思ふやうにならないいんでせう。何故、独身で居る女は片輪なんでせう。何故、わたしたちは斯う他《ひと》から軽蔑されるんでせう。（藤村2・377頁）

夏子のジレンマは深刻なものである。親友の関子さえ「ひがんでいる」「すねている」といって夏子を理解しようとしない。しかし、その関子も「お嫁にいらっしゃれば、もう皆音信不通よ。」（藤村2・380頁）と結婚による女の絶望的な生活を暗示している。その原因はまだ封建的遺習の強い社会通念をもった男の方にある。次の夏子の言葉はそれを如実に物語っている。

―夏子は美しくて節操《みさを》の無い多くの男を見た。恥かしいほどの情人が残酷な夫に変る多くの例《ためし》も見た。夏子は最早男子《をとこ》を信じて居ないのです（藤村2・383頁）

夏子の男に対する絶望もみられる、次に画家の三上の絶望について述べる。

麪包《パン》の為とは言ひ乍ら。私もね、今、大地主のを一枚始めて居るんですが、住宅《すまひ》といふのは鬱《こん》蒼《もり》とした杜の中にあつて、遠くから眺めるとかう画のやうな感がする。道々想像して行きました―どんな人があの白壁の内に住んで居るだらう、どんな静な生活をして居るだらうと（中略）。

いや、大違ひ。門を入る時に、私はもう厭になつて了つた。（中略）主人公に逢つて見ると—卑しい、品格のない男なんです。一口に言へば、まあ俄大尽。（藤村2・384—385頁）

そして、この俄大尽は画家をまるで乞食のように思っていて画家のことを「画師屋さん」とよぶ。金権主義がこの地方にもはびこっているのがわかる。三上はくやしさの中で次のように吐露する。

食つていかうといふには、あんな男の前に手をついて、呉れるものを難有《ありがた》く戴かなくちやならない。それ、一文遣す—誰が貰へませう。実に涙が零れる。噫、画家なんかになるものぢや有りませんねえ（藤村2・385—386頁）

三上の絶望は人格尊重の次元からも深刻なものである。

吾儕《われ〳〵》は美しい夢を見乍ら、其実、卑しい生涯を送る人間なんでせう。（藤村2・386頁）

このように自身を卑下してしまった三上の告白は夏子との別れをも暗示している。其の後、夏子と三上は別れている。夏子の母親の絶望は命を奪うほどの激烈なものである。

愁ひ衰へた夏子の母親は関子に助けられて、表格子に取縋り乍ら眺める。（中略）あはれさ、かなしさ身に徹《こた》へて、母親は昔を思出し乍ら泣きました。（藤村2・393頁）

自慢の娘が学問した女の一番悪い手本に数えられたことは、この母親にとっては死ぬほどの苦痛であった。その時関子に思い出されたのは、夏子からきたはがきに書いてあった「けさ、髪を洗ひしに、白きが二筋三筋梳櫛にかゝりて悲しかりし、今は鏡も捨て申し候」（藤村2・393頁）の字句であった。

関子は夏子の死を予感する。

三　登場人物のアンビバレンツな生

1　女性の日常的幸福志向

『老嬢』には二人の老嬢が登場する。沢関子と瓜生夏子である。関子も夏子も地方の高等女学校の助教諭と教頭をしている。関子は「女は必ず結婚をしなければならない」と考えている。明治期近代産業社会における結婚は、女達を主婦予備軍にしたて、男は仕事、女は家庭という枠組にしたてあげた。男は立身出世のためやその他のことでがんばるとき、身を固める必要があった。そのために結婚という虚偽で武装し、結婚にいたるまでの新郎、新婦選びは市場さながらであった。若い当事者も仲介者もすこしでも値打ちのある品物を探し出そうとあらゆる手段を動員する。男達にとって結婚は「賭金」であり、女達にとっては王子様を待ちこがれるロマンチックラブであるといってよいのではないだろうか。

このような明治日本の結婚の実態においては真実な愛とか人間尊重などは殆ど見られない。幻滅だけが彼らを待ち受けている。関子も結婚生活が必ずしも幸せでないことを次のように吐露している。

自分が果して幸福か。結婚の生涯は自分を身体の方で活かしたかはりに、精神の上では殺して了つた。まあ、丸髷になつてから、自分は斯なに肥つて来た。こんなに壮健《たつしや》になつた。そのかはり、自分は語学も音楽も打捨て丶、無学な世間の女と同じ考を持つやうになつた—飲食して、それを是上もない快楽と思ふやうになつた。（藤村2・395—396頁）

「無学な世間の女」達と同じ考えをもつようになったと言う関子は結婚が必ずしも女を幸せにしてくれないという諦念に達している。

ここで、結婚の不幸と独身の不幸、制度の内と外での不幸を見せてくれている『従妹ベット』（バルザック作）について述べてみる。老嬢ベットは従姉アドリーヌの家庭に身をよせる縁者だが、彼女の欲望はただひとつ、貴族にみそめられて男爵夫人になった従姉の「シンデレラ物語に対する嫉妬とルサンチマン」にしかない。しかし、シンデレラのように結婚した従姉アドリーヌは幸福どころか「貞女の涙」の一生を送っている。「結婚するも地獄、しないも地獄」の十九世紀の女達の運命を描きつくしている。また、バルザックは結婚の幻滅についての作品も書いている。貞淑と忍従という女たちの不幸な運命は、まさに結婚が社会の論理によって敷かれた制度でしかないこと、社会がシステムとして閉じるために、人間の欲望に強いた回路であることを明かしている。(1)

2　知識人の自己目標志向

夏子は関子に言う、

二つしか私達の前には途がない――結婚するか、それとも独身で通すか。（中略）しかし、沢さん、貴方は必《きつと》成效なさるでせう。貴方は楽しい家庭を御造りなさい。私は独りで冷い寝床の上に夢でも見て泣いて居ませうよ。お互に試して見ようぢや有ませんか。――結婚した貴方の方が幸福か、独身で居る私の方が幸福か。（藤村2・380―381頁）

こうして、関子は結婚し、夏子は画家三上やその他の男達との自由恋愛を楽しむ。「女の性質は蔦の蔓のやうです、まとひつくものが無ければ枯死んで了ふ」（藤村2・383頁）のだ。老い朽ちないために、夏子は恋をする。そして、老嬢の生涯は、夏子を疑いぶかい人間にした。三上の愛の告白にも「私は貴方を愛して居りません」（藤村2・391頁）といって拒絶する。その後、夏子があの若い画家と別れてからは、わざわざ軽薄な男を情夫に持って、しかも幾人か捨てた、という噂が流れた。

近代（十九世紀・二十世紀初頭）の生産主義のシステムの中で、独身者たちは、男女を問わず、社会の寄生者の地位に追いやられていく。そうしてどこにも場所を持たないかれらの欲望は、不毛な空転を強いられざるをえない。不毛性、非生産性なる存在である。

知識人として、キャリアウーマンとして、独身者として、夏子は自己完成につとめたが、結果はどうであっただろうか。親を捨て、故郷を捨て、人を愛するその愛も捨てた。

独身の生涯は夏子を精神の上で活かして、身体の方で殺して了つた。（藤村2・395頁）

凄じい女の悲鳴は風の音に交つて、とぎれ〳〵に聞える。たしかに夏子の悲鳴―夏子の苦痛の声。関子はもう悶心地になつて、手も足も震へました。あゝ、子が母の胎内を離れるといふのは、一通りの勢ではないのです。（中略）猛烈な自然の力―開放した人生の秘密―（藤村2・399頁）

夏子は女の子を産んだ。安産であった。が、産後の肥立ちは思わしくなかった。七夜の翌朝、その女の子は、死んだ。このショックで夏子は物狂わしいことを口走るようになった。その後、夏子の生きた屍が五年ぶりに故郷に帰った。

一八三七年、ミシュレとバルザックが『老嬢』を出版した。ミシュレの『老嬢』は女というものの本性を、その悲劇的な存在の危うさそのものにおいて露にするつもりだったようだ。ミシュレは、ある外科医の解剖台で、一八五九年頃に死亡したとみられる一人の若い女の死体をみた。子宮の病で死亡したようだ。女は田舎娘で、恋に落ち、身籠り、裁縫での収入以外、道のないまま、パリに上ってきた。「身をもちくずした」後、病気になり、幼い娘一人残したまま、墓の中でまたも孤独に出会う。彼女の人生はもはや人生ではなく、数々の打撃を受けながら、転落から転落へとすべり落ちてゆく坂道でしかなかったのである。そしてその本性の結果としての私生児の存在は、孤独をなぐさめるどころか、孤独の極致に追い詰められて行くことを明らかにした。特に子の誕生は深刻だ。

バルザックに言わせれば、田舎というものは文化的な出口のない世界、知の可能性の不在の場である。田舎を支配しているのは、息の詰まるような暗闇であり、無知であり、空虚である。つまり「田舎」は才能を殺し、天才を殺し、実り豊かな開化を封殺する不毛の権力だ、という。日本の近代化の中で信州上田の田舎も同じことではなかったのではないだろうか。

田舎に残存している封建性は結婚していない女を変わり者扱いにする。そんな中で夏子は恋に悶え、私生児を産み落とし、狂人となる。もし、この上田の田舎に、文化人類学者とか、詩人とか、文学者がいたら（これはバルザックがとうの昔に言っていたことだが）夏子の生涯はこんなに悲惨ではなかったはずだ。

夏子は知識人として一人の自由な人間として誇りをもって生きようとした。だが、夏子が産んだ私生児の死は夏子を絶望の果てに追いやり狂人にした。

四　おわりに

十九世紀のヨーロッパで「結婚するも地獄、しないも地獄」ということが言われていた。バルザックとミシュレの書いた『老嬢』の中でもそれは如実に表れている。そして、藤村の『老嬢』でも関子の吐露、夏子の生を見てもそう言えるのではないだろうか。

藤村は、明治34年〈一九〇一〉『落梅集』の出版を最後に詩と決別する。そして、かなりの自信作であったらしい『旧主人』（明治35年〈一九〇二〉11月）を発表するが、モデル問題で発売禁止になる。その後『藁草履』（明治35年11月）、『爺』（明治36年〈一九〇三〉6月）と藤村においては数少ない短編を発表する。この三編のテーマは全て女が運命に弄ばれるという悲劇を描いているのである。その中でも『老嬢』は登場人物が自分の意志で人生を切り開いていこうしながら悩むアンビバレンツな精神面を描いている。それは、知性と本能とのはざまである。そして、最後には運命に弄ばれるような結果になってしまう。

小説を知性の産物とした場合、詩は感性、本性、本能の産物であるといえる。藤村は作家としての生命を小説に託そうとした。が、第一作『うたたね』は完全な失敗に終わり、『旧主人』は発売禁止になった。藤村の詩から散文への移行の中で悩むアンビバレンツな内面が夏子の、または三上のまたは関子や夏子の母親の、それぞれの生き方として『老嬢』に形象化されたと言えるのではないだろうか。

『老嬢』たちの「結婚しても地獄、しなくても地獄」という絶望の叫びは、一九〇〇年代初めの藤村の出口の見えない内面の叫びを表しているともいえる。そして、この芸術家の叫びは、その後に起稿される『水彩画家』『破戒』において芸術として昇華されていったと言えるのではないだろうか。

注

（1）山田登世子「ミックスサラダの思想」（『現代思想』冬号、昭和63年〈一九八八〉青土社、124―132頁）参照。

「家」の空間——島崎藤村の『家』を中心に——

一　はじめに

本章は、島崎藤村の『家』を、家という空間としてとらえ、作中の重要登場人物にとっての家とはどんなものであり、空間としてどんな意味を持っているのかを考察しようとするものである。

家としての空間は、外部空間と内部空間とに分離される。外部空間は、世界の中での行為の空間であり、そこではいつも数々の抵抗に打ち勝ち、敵対者から身を守ることが必要である。この空間は安らぎのない空間であり、危険の空間であり、そして見捨てられている空間である。これらの中では、人間は実際、永遠に追いたてられている逃亡者のままであろう。それだからこそ人間は家という空間を必要とする。この空間は、起こるかもしれない脅迫に対して、人間が絶えず油断なく注意を払うのを止めることのできる安息と平安の領域であり、人間が他人との関わりから身を引いて、緊張を解いて寛ぐことのできる空間である。このような平安を人間に与えること、それが家屋の最高の課題なのである。

したがって家は、外部的な防護物であるだけでなく、同時に人間的生の象徴でもあり、そしてこの点で一つの教育的意義を獲得する。家は、ここで恐怖心を克服することを学ぶべき孤独な者に対して、勇気の城砦となったのである。このように家は内部に向かって暖さと快適さとを与えるだけでなく、外部に向かっても堅固さと世界のなかで自己を維持する力を人間に与えた。家屋は宇宙に勇敢に立ち向かうための道具である。

人間は生きていくためには、このような安らぎの領域を必要とする。人間からその家を取り上げるならば―あるいはもっと慎重にいって、その住居の平安を取り上げるならば人間の内的解体も避けがたいのである。

近代や現代ではきわめて多くの人間が、彼らの家やふるさとから追い立てられている運命にあるといえるのではないだろうか。今日のように激しく変動する状況の中で昔のふるさとへの結びつきの重要性はあるのであろうか。事実、人間は住居を変更することができるし、昔のふるさとを失ったあとでも新しいふるさとを見い出すことができる。

しかし、たとえ特定の住居や特定のふるさとは変わるとしても家とふるさとの原理的な重要性はこのことに影響を受けることはない。むしろ、新しい場所に新たに設立するという課題がそれだけより重要になるのである。又、確実そうにみえる伝統的なあらゆる秩序の大崩壊のあとでは、安らぎを与えるようにみえる一切のものが、今日の人間にとっては疑わしくなっている。それに人間は自分の課題を果たすために世の中へ出ていかなければならないのであり、諸々の危険に身をさらさなければならない。しかし、ひとたび世の中での自己の課題を果たしてしまったときには人間は自分の家という防護物のなかへ引き返してくる可能性を持たなければならない。とはいえ、家屋がいつも人間に最終的な安全性を与えることができるとは限らない。それゆえ人間はどの家においても、同時にこの家屋をさらに放棄することができるという内的自由を保持する必要がある。人間は家の喪失によっても打撃が与えられることのない究極のものが、自分のなかにあることを知らなければならない。それは人間の実存であり、世の中と人生への究極的な信頼であるといえる。存在と生へのそのような究極的信頼という背景がなければ、どんな種類の人間の生も、とりわけ家を建てることも住まうことも可能ではないのである。

次に、島崎藤村の『家』に出てくる主要登場人物にとって「家」とはどんな意味を持っているものなのか考察してみる。

二　橋本家の主人達雄にとっての「家」の空間

達雄は、橋本の家で、中の間にある古い柱の下で日々の業務を執っていた。そして、疲れると奥座敷の方で休んだ。そこは家のものが居間にしている所である。このような寛ぎの空間も正太がくると達雄は厳格になって黙ってしまう。急に窮屈な空間となってしまう。家を否定している正太が達雄には気に入らないのだ。達雄にはもう一つ寛げる空間がある。それは風呂である。又「日暮に近い頃から、達雄、三吉の二人は涼しい風の来る縁先へ煙草盆を持出した。大番頭の嘉助も談話《はなし》の仲間に加はつた。そこへお仙やお春が台所の方から膳を運んで来た。」（藤村４・18頁）。

このように達雄にとっての住みよい家を、正太は壊しかけている。それはある面で当然のことだ。なぜなら達雄も正太の年齢のころ、耽溺の歴史があった。それは倉庫の中にあり、正太に発見されてしまった過去である。「静かな蔵の窓の外には、熱い明るい空気を通して庭の草木も蒸されるやうに見える」（藤村４・23頁）。外の明るさとは対照的に蔵の中は暗いし、達雄の過去も又暗い。外が明るければ明るいほど蔵の空間はもっと暗いのであり、それは達雄の暗さでもあるのだ。

机がある、洋灯《ランプ》が置いてある、夫はしきりと手紙を書いて居る……それは前の年のある冬の夜のことで、（藤村４・148頁）

そして、ある日達雄は「家」を捨てて失踪してしまう。そして名古屋方面の温泉宿に女と一緒に逃避し、森彦が探し出した時、達雄は「自分は何もかも捨てたものだ――妻があるとも思はんし、子があるとも思はん――後は奈何成つても関はないツて。」（藤村４・162頁）という。そしてその後、神戸を経て満州へ渡った。女性遍歴のなれの果てである。果たして本当に達雄は女のために家を出たのであろうか。三吉が兄の森彦に達雄についてこんなことを言う。

女の方の病気さへなければ、橋本父子に言ふことは無い――それが彼の人達の根本の思想です。だから、彼様して女の関係ばかり苦にしてる。まだ他に心配して可いことが有りやしませんか。達雄さんが女に弱くて、それで家を捨てるやうに成つた――左様一途に彼の人達は思ひ込んで了ふから困る。（藤村4・283―284頁）

女のためよりも、達雄が家を出ていくべきはっきりした理由は家にあるのだ。

三　橋本家の女主人お種にとっての「家」の空間

お種にとっての家の空間は、台所である。「食わせる」ということがお種にとっての生きがいであり、まめまめしく働く原動力になっている。

又お種は家の外へ出ない。外の用は人に頼んで「……女といふものは、お前さん、斯うしたものですからね。」（藤村4・10頁）と思っている。家の中でばかり日を送っている。隣にある高い白壁に囲まれた屋根の低い味噌蔵は、毎日食膳に上る手製のたまりの造られるところで、お種の家での重要な部分を占めている。

祭りの日、町の方が賑やかなだけ、家の内は寂しい。皆、町に出て行ってしまって寺院のように家には人気がなかった。こんな時もお種は炉辺に座って留守居をした。皆な帰ってくると、祝の強飯だの煮染だのを出して、炉辺でふるまう。三吉が帰る朝も一同に炉辺で茶をふるまう。お種がこの家から出るのは伊豆へ療養に行く時だけで、それは今までに二回あった。このようにして家を守るのが女の徳と幼い頃から教育され、信じてきたお種には「何故、達雄が妻子を捨てたか」(藤村4・177頁)という疑問があった。今でも夫を愛していたのだ。

お種が帰らない夫を待つことは、最早幾年に成る、と其時三吉も数へて見た。娘お仙を夫に逢はせて見たら、あるひは——一旦失はれた父らしい心胸《こゝろ》を復た元へ引戻すことも出来ようか——離散した親子、夫婦が集つて、もう一度以前のやうな家を成したい——斯う彼女が、一縷の希望を夫に繋ぎながら、心密かに再会を期して上京するといふは、三吉にも想像し得るやうに思はれた。(藤村4・306頁)

こうしてお種はもう自分で守りきれないと思った家を養子の幸作に渡して上京し、夫との再会に望みをかけている。が、お仙の迷子事件や達雄の満州行きやで、「田舎の方が安気で好い」というお仙の言葉に従って帰る。が、もう信州の家でもお種の居場所はなかった。近代化の波にのって味噌蔵も土蔵もなくなってしまったのだ。お種の一番の空間であった炉辺の食卓の様子も以前とは変わって暗いものになった。賑やかな笑いもおこらず、主従の関係もなくなっていた。そんな中でお種は、それでも橋本家の主人としての場所を奥座敷のまん中に見つけて、先代から伝わった古い掛物を後にして達雄の座るところに自分で座っていた。そして、庭には花などを植えて旧い家を夢みながら夫の帰りを待っていた。無理に主人の位置を守ろうとしているお種ではあったが、田舎の生活を全く知らない幸作の妻と幸作が始めようとしている新しい生活、ドシドシやってくる鉄道、これらがお種の家を破壊している。お種は襲ってくる敵を待ち受けるかのように、奥座敷の方をみた。

若い者なぞに負けては居ないぞ。さあ――責めるなら責めて来い――（藤村4・380頁）

もはや安住の地はない。お種は自分が嫁いだ家の形骸だけにしがみついて生きてきた。それが、全て形骸だけであることがわかると、「俺は正太の傍へでも行つて、奈何な苦労をしても可いから、親子一緒に暮したいよ。」（藤村4・384頁）という。

四　正太にとっての「家」の空間

家に対する漠然とした反抗心は絶えず正太の胸にあった。家の者の正太にたいする期待は正太には重荷であり、もっと自由にさせておいて貰いたかったのだ。

百姓の隠居も会釈して通つた。隠居の眼は正太に向つて特別な意味を語つた。

『若旦那様――お前さまは唯の若いものの気で居ると違ふぞなし……お前さまを頼りにする者が多勢あるぞなし……行く〳〵はお前様の厄介に成らうと思つて、斯うして働けるだけ働いて居る老人もこゝに一人居るぞなし……』とその無智な眼が言つた。（藤村4・24頁）

正太はこういう人たちの目から逃れたかった。「うちなどどうでもいい」と思う。正太は外の音、特に山の谷の方の渓流の音に引込まれていく。家の外が正太にとっての家の空間である。

活気のある鈴の音が谷底の方で起つた。急に正太は輝くやうな眼付をして、その音のする方を見た。

『アー―御嶽参りが着いたと見えるナ。』

と正太は独語のやうに言つた。高山の頂を極めようとする人達が、威勢よく腰の鈴をチリン〳〵チリン〳〵言はせて、宿屋に着くことを楽みにして来る様子は、活気が外部《そと》から斯の谷間《たにあひ》へ流れ込むやうに聞える。正太は聞耳を立てた。その音こそ彼が聞かうと思ふものである。彼は縁側にまで出て聞いた。（藤村４・28頁）

こんな正太も一度は傾きかけた家を救うために故郷で一所懸命働くのであるが、結局達雄と同じように家を捨てる。そして名古屋で結核になって死んでしまう。正太にとっての家とは何なのであろうか、どこにあるのだろうか。薬問屋を若い者にまかせ、正太は自分の考える、自分で築く家の再興のため、東京に出る。しかし資本のない彼は事業に失敗して、北海道、樺太まで何かを求めて旅立つ。そして相場師として立とうとするに至る。名古屋での活躍も期待できない。「楽しむやうに生まれて来た人なんですネ。」（藤村４・369頁）と言われる正太の家は、橋本の家の中にはなかった。

五　豊世にとっての「家」の空間

豊世の存在は作品『家』の中で、はっきり表れていないが、影の薄さを見せながらも何か特異な存在として読者の関心をひく。豊世にとっての家とはどんな空間であろうか。

豊世は地方の名ある家柄の娘で、正太と結婚した。その当時の橋本家は達雄も立派に家業をついでいた時で、その地方の名門の偉容を誇っていた。しかし、達雄の失踪、橋本家の破産が伝えられると豊世は実家によばれる。そして、「生家《さと》の母からは、また……是非是方《こつち》へ帰つて来いなんて……」（藤村9・397頁）と、親の命令に背いて自分の愛を貫いている芯の強い女性である。そして、それは、東京に出て一人で職業をもって自立するところでもみられる。借りた家は、ゴチャゴチャした町中にあるが、これは交通の便利なところを選んだからである。豊世は上京するとすぐ簿記を習うことにした。一部屋の借家は、応接間もあればランプ部屋もあればお勝手もある。しかし豊世は頓着しない。姑のお種とも暮らす。又初対面の叔父の旅館で姑と一緒に泊まる。近代的感覚の持ち主であり、既存の嫁のスタイルとは異なる。お雪に向かっていとも簡単に「叔母さん、私もこれから相場師の内儀《おかみ》さんですよ。」（藤村4・275頁）と自分で自分の変わりように驚いたという風で軽く笑って言う。上京して早く自分の思うように新しい家を整えたい、ともいう。そして、森彦が正太に色々説教をし、お種が興奮して喧嘩腰に物を言うと、豊世は考え深い目付きをして、「『今迄の家風は、皆なが言ふことを言はなさ過ぎたと思いますわ。』と豊世は顔を揚げて、『母親さん、これから皆なでもつと言ふことにしようぢや有りませんか。』」という。こんな豊世も、「どうかしますと、私は……斯う胸がキリ〳〵と傷んで来まして……」（藤村4・365頁）と正太の女関係では悩む。「如何したら男の方の気に入るんでせうねえ」（藤村4・368頁）と三吉に聞いてみる。相場師の妻らしく繕おうとして自然と風格をつくり、女の出来ることで放縦な夫の心を喜ばすようなことは何でもした。それほどにしてまでも夫の愛を一身に集めたいと思った。しかし、

　途次《みちく》彼女は種々なことを考へて行つた。どうかすると彼女は、自分の結婚の生涯を無意味に考へた。絶対の服従を女の生命とするお種のやうな、左様いふ考へは豊世には無かつた。名古屋へ行かうか、それとも此際……いつそ自分の生家《さと》の方へ帰つて了はうか、と彼女は叔父の家の門へ行くまでも思ひ迷つた。（藤村4・396―397頁）

あれ程までに里へ行くのを拒んでいた豊世は自分と正太との家に対して疑問を抱くのだ。結局、東京の家は解体し、豊世は正太のいる名古屋へいくことになる。豊世が築いた新しい家は、正太の借金のため解体する。しかし、豊世は名古屋でも、また日当たりのよい貸間でも見つけて自分の家をもう一度建てようと思っている。

六　実夫婦にとっての「家」の空間

実は小泉家の家長である。実の願望は唯一つ。十七代続いた小泉家を元の経済基盤のしっかりした地方の名家として、村人に頼りにされ認められる、そういう家に復興させたいのである。しかし、いつも詐欺に引っ掛かり、牢獄にも出入りし、他の家庭にも多大なる損害（橋本家も実を助けたために連鎖的に破産）を与え、他人も不幸に陥入れてしまう。それでも、実の中での家は現存している。彼は家の者に向かっては厳格すぎる位にふるまった。又掛軸も偽物を掛けておいて見栄をはっている。実には昔通りの小泉家の復興、それしかないのだ。

幾百年の前、故郷の山村を開拓したものは兄弟の先祖で、其昔は小泉の家と、問屋と、峠のお頭《かしら》と、斯の三軒しかなかつた。谷を耕地に宛てたこと、山の傾斜を村落に択んだこと、村民の為に寺や薬師堂を建立したこと、すべて先祖の設計に成つたものであつた。土地の大半は殆んど小泉の所有といつても可い位で、それを住む人に割き与へて、次第に山村の形を成した。お倉が嫁いで来た頃ですら、村の者が来て、『旦那、小屋を作るで、林の木をすこしお呉んなしよや』と言へば、『オ、、持つて行けや』と斯の調子。（藤村4・51―52頁）

これは、実の中の家を如実に表している。それはお倉にとっての家でもある。三吉の婚礼の時の実の独白は、封建制の家そのものだ。「生め、殖せ、小泉の家と共に栄えよ。」（藤村4・60頁）この喜びは実の胸に満ち溢れた。そして、度重なる事業の失敗の末満州へ行く。実の木曾の小泉家は満州の原野で実現されようとしている。「故郷の広い屋敷跡―山―畠―田―林―すべて左様いふ人手に渡つて了まつたものは、是非とも回復せねばならぬ。祖先に対しても、又自分の名誉の為にも。」（藤村4・40頁）と決心して。

出発の朝、実は「皆な、屋外《そと》へ出ちや不可よ。……家に居なくちや不可よ……」（藤村4・274頁）と言って、独りで、門を出た。まだ、自分が家長であることを誇示するように、

強い身体と勇気とは猶頼めるとしても、彼は年五十を超えて居た。懐中《ふところ》には、神戸の方に居るといふ達雄の宿まで辿りつくだけの旅費しか無かつた。満州の野は遠い。生きて還ることは、あるひは期し難かつた。斯うして雄々しい志を抱いて、彼は妻子の住む町を離れて行つた。（藤村4・274頁）

一人残されたお倉は、娘二人と家を守る。その家は、狭い路地を入ってどぶ板の上を踏んで行くと、どぶのむされる匂いがある。しかしお倉の脳裏にはいつも故郷にあった小泉の家がある。門の中には古い椿の樹があり、大名を泊めるために作った部屋もあり、広い部屋がいくつもあり、書院の前には松・牡丹などがあり、寒い夜には炉辺に集まって奥山で狐火の燃える話などをした。本当にある物は皆分けて呉れてやる習慣のある、そういう小泉の家である。東京での小さな仮住まいでもお倉の家の

空間は広い。そして、実の家と同じであり、離ればなれに暮らしていても二人の家は昔の小泉家として存在している。

七　三吉夫婦にとっての「家」の空間

春の新学期の始まる前、三吉は田舎の教師として赴任していった。二年ばかり一緒に住んでいた兄の家族から離れて、つまり、小泉の家から離れて、三吉なりの家を作ろうとした。田舎臭い所ではあったが北海道から嫁も迎えて新しい家は出発した。

　戸の透間が明るく成つた。お雪は台所の方へ行つて働いた。裏口を開けて屋外《そと》へ出て見ると、新鮮な朝の空気は彼女に蘇生《いきかへ》るやうな力を与へた。その清々《せいせい》とした空気はお雪が吸つたことの無いやうなものであつた。（藤村4・66頁）

三吉とお雪の新婚生活をよく象徴している箇所である。ゴットンゴットンと水車の音は田舎の侘しさをよく表していた。平穏で静かな生活は幸福にいつまでも続くように三吉には思われた。しかし、お雪は結婚前の相思相愛の相手であった勉の思い出も一緒に持ってきた。勉との文通は嫁いできた後も続き、「未来のWと思つて居たが、君が嫁いて失望した……いづれ其内に訪ねて行く……」（藤村4・71頁）と書いた手紙が来たり、「……此頃の御無沙汰も心よりする訳では無いと書いた。妹との結婚を承諾して呉れて、自分も嬉しく思ふと書いた。恋しき勉様へ……絶望の雪子より、と書いた。」（藤村4・77頁）。

雪子は三吉のところへ嫁にきて以来、本当にまめまめしく働いた。三吉は新しい家はもう実現したかのように思ったが勉への雪子の手紙を見て、人の心の信じられないことに気付いた。しかし三吉は勉とお雪と自分との三人の交際を始めようとした。しかし「何となく家の内はガランとして来た。三吉夫婦は互に顔も見合せずに、黙つて食卓に対ふことすら有つた。」（藤村4・100頁）。このように田舎の寒い冬は三吉夫婦の間まで寒くした。家の解体も一度は決心したものの直樹の説得により見合わせることにした。それから一年経った。三吉は仕事に専念し、質実な生活は三吉の周りにあった。「朝の光が薄白く射して来た。戸の透間も明るく成つた。（中略）水車小屋の方では鶏が鳴いた。洋灯は細目に暗く赤く点《とぼ》つて居た。」（藤村4・120頁）。

これらの風景は平安な三吉の生活を象徴している。そんな時、「すぐ金を送れ」と実から電報が来る。小泉の家から離れて新しい家をつくった三吉であったが家長の命令には背けなかった。お雪の持参したお金を送ることにした。

炉に掛けた鉄瓶の湯はクラ〳〵沸立つて居た。郵便局まで出掛た三吉は用を達して戻つて来て、炉辺で一服やり乍ら、一雨ごとに秋らしく成る山々、蟋蟀《こほろぎ》などの啼出した田圃側《たんぼわき》、それから柴車

だの草刈男だのの通る淋しい林の中などを思出して居た。（藤村4・122頁）

実への送金も了えて三吉の心は穏やかであり、夫婦の質素な田舎の生活がよく感じられる。「鉄瓶の湯はクラ〳〵沸立つて居た。」いかにも平和な感じである。

ところがこの平穏はまたしても実からの電報で破られる。三吉は原稿を売って送金してやる。しかし、結局、実は再び入獄し、暗いところへ落ち込んでいくのが、ありありと見えた。残された実の妻君と二人の娘のことを考えると夫婦は一層の艱難を覚悟しなければならなかった。

三吉が独立して建てようとした新しい家にとって実の失敗は大きな試錬であった。

夫婦の危機は去ったがもう一つの艱難であった。

この為、三吉は仕事（創作）は捗らず、悩む日が続く。結局知人に援助を頼んだ。田舎生活に終止符を打って東京へ帰る。

夫婦の心の内には、新規に家の形が出来て、それが日に〳〵住まはれるやうに成つていく気がした。（藤村4・190頁）

しかし、引越しの後で次女、三女が亡くなった。暴風にさらわれたようだという。

その後お房も亡くなり「もうお房はいない。」と思ったお雪は、若葉の延びた金目垣の側に立った時に母らしい涙を流した。お雪は家の中へ入って泣いた。

はじめて生まれた長男の種夫一人が残り、嵐は三人の子を一度にさらっていった。

家の中は、特にお雪にとっての家は嵐のあとのむごたらしさが残った家であった。その反面、家の外では三吉の仕事が意外な反響をよんで世間を騒がせた。家の中は人がいるかいないか分からない位ひっそりして、表の門も閉めておくことが多かった。三吉は思った。「多くの困難を排しても進まうとした努力が、奈何して斯様な悲哀《かなしみ》の種に成るだらう、」（藤村4・215頁）とその後三吉夫婦は、子供たちの死んだ家を離れたくて町中へ引越した。いろいろな物売りの声、流行《はや》りの髪型、紅、青、黄などの灯が都会の夜にあった。又、電車のうねり、河蒸気の笛などが家に響いてくる。お雪はここで生活を取り戻した。子供にも恵まれた。三吉とお雪はいつのまにか離れられない二人になっていた。

明るい空からは、軽い綿のやうなやつがポタ〳〵落ちた。お雪は足袋も穿いて居なかつた。多くの女のやうに、薄着でもあつた。それでも湯上りのあたゝかさと、燃えるやうな身体の熱とで、冷々《ひやく》とした空気を楽しさうに吸つた。濡れた町々の屋根は僅かに白い。雪は彼女の足許へも来て溶けた。斯の快感は、湯気で蒸された眼ばかりでなく、彼女の肌膚《はだ》の渇《かわき》をも癒した。（藤村4・357頁）

三吉は性欲のために悶々とした日々を送っていた。しかし、その心中をお雪が察することはない。お雪は、いたって平安な心持ちでいる。

夫は家を寺院と観念しても、妻はもとより尼では無かつた。

そればかりでは無い、若い時から落魄《らくはく》の苦痛までも嘗めて来た三吉には、薬を飲ませ、物を食はせる人の情を思はずに居られなかつた。彼が臥床《とこ》を離れる頃には、最早還俗《げんぞく》して了つた。彼の精神《こころ》は激しく動揺した。屈辱をも感じた。

兄妹の愛――そんな風に彼の思想《かんがへ》は変つて行つた。彼は自分の妹としてお雪のことを考へようと思つた。（藤村4・341頁）

そのうち、三吉の心中にも平安は来た。

三吉は家の内部を見廻した。彼とお雪の間に起つた激しい感動や忿怒は通過ぎた。愛慾はそれほど彼の精神を動揺させなく成つた。彼はお雪の身体ばかりでなく、自分で自分の身体をも眺めて、それを彫刻のやうに楽むことが出来るやうに成つた。――丁度、杯の酒を余つた瀝まで静かに飲尽せるやうな心地で。二人は最早離れることも奈何することも出来ないものと成つて居た。お雪は彼の奴隷で、彼はお雪の奴隷であつた。（藤村4・370頁）

そして、お雪が「父さん、私を信じて下さい……ネ……私を信じて下さるでせう……」（藤村4・401頁）と夫の腕に顔を埋めて泣いた。三吉は「今更信じるも信じないもないぢやないか」（藤村4・401頁）と思い、黙って嬉しく悲しく妻の啜泣を受けた。

二人の完全な一致がようやく訪れた。三吉の望んだ新しい家というのは夫婦中心の本当に分かりあえる精神の結合が完成した家であった。二人にとっての家の空間は現存している。

八　おわりに

以上、作品の中での主要登場人物にとっての家の空間について考察してみた。藤村は、『家』を書くときの制作態度を次のように語っている。

『家』を書いた時に、私は文章で建築でもするやうにあの長い小説を作ることを心掛けた。それには屋外で起つた事を一切ぬきにして、すべてを屋内の光景にのみ限らうとした。台所から書き、玄関から書き、夜から書きして見た。川の音の聞える部屋まで行つて、はじめてその川のことを書いて見た。そんな風にして『家』をうち建てようとした。」（藤村13・121頁）

このようにして建てた家は家長たちの家出によって崩壊したかのように見える。事実、小泉の古い家は人出に渡り、実や森彦や三吉らみんな、東京で暮らしている。では、藤村は『家』で何を書きたかったのであろうか。旧家の崩壊の様相を書きたかったのか。それとも若い人達による旧家の再建築を書きたかったのか。筆者はそれらも書きたかったことの一つであると思うが、それよりももっと書きたかったのは夫婦単位の近代的自我に目覚めた家庭を書きたかったのではないかと思う。

『家』は、たしかに封建的家族制度が資本主義的経済組織と矛盾し、その為に、小泉家、橋本家の両家の分散と没落の運命を辿らなければならなかったという側面を持っているのは事実である。しかし、実や達雄の満州行きや幸作夫婦の近代資本主義的経営法、お雪と三吉の夫婦関係を根拠に考えてみると、必ずしも没落だけに止まっているのでなく、再建の意味も表れているといえるのではないだろうか。

小泉家の家長実と橋本家の家長達雄は故郷から東京に出て、そして名古屋を経て神戸へそして満州へと去っていった。これは、人間の心理として、いきなり知らない町に行くのでなく、徐々に徐々に見知らぬ所へ行くのだ。そして二人にとっての満州は、信州の故郷にあった広くて大きな屋敷なのである。二人は狭い日本から脱出して広い満州にもう一度広い屋敷を建てるつもりなのだ。実と達雄にとっての家の空間である。ボルノウのいう第二の故郷の構築である。これに反して達雄の妻のお種は家の中で家を守ろうとしている。それは反対に息子や夫を外に向かわせてしまうことになり、近代的思考方法で家業を継いでいる幸作夫婦からは疎んじられる。家は最後の隠れ家であり、安全性と被護性を持っているのであるが、社会が近代化の波に押し寄せられ、価値観の混乱が生じた時、家が必ずしも安全であるとはいえない。特に封建的遺制の残っている社会の下では、家を放棄して内的自由を保持することの要求がでてくる。そして、自我即ち自分の発見に到達するのであるから、お種の家は疎んじられ、崩壊する。

正太は、父の達雄と同じ道程を歩んでいる。楽しむように生まれてきた正太にとっての家はこの世にはない。正太は家の中にいても、いつも外の太鼓の音、谷間の流れに耳を貸している。そして、いつも出ていける姿勢でいる。早死はその結末を意味している。筆者は密かに、家の中で最も内的自由を保持している人物として豊世をあげたい。表面的には夫に従い家を守り、正太の浮気には心を痛める豊世ではあるが、これは全てが封建的遺習としてしているのではなく、逆にその遺習と戦って精神の自由を保持している。東京での貧しい生活でも豊世は夫の為に働き、家の再建を夢みている。豊世が建てようとしている家は昔ながらの大家族である。そして地方の名士としての昔ながらの橋本家である。そして正太との生活である。しかし、これはお種が旧家の再構築を望んでいるのとは違う。豊世には、先天的に生への信頼がある。家という制度のための家ではなく、豊世が考えた豊世にとっての家なのである。そこには豊世なりの実存がある。

豊世と対照的なのが実の妻のお倉である。

お倉は昔の小泉家の思い出の中でいつも生きている。現実感覚が乏しく弟たちにいつも昔の小泉家の栄華を語っている。経済的に困っても成るべく旧家の誇りを保っていた時の生活を続けようとする。

お倉にとって旧い家は放棄できないのだ。

三吉とお雪にとっての家は、新しく建てる家である。色々な艱難があり、暴風雨が通り過ぎてしまった後の平穏な存在と生への究極的信頼のある〝家〟である。三吉はもともと小泉の家を離れて自分だけの新しい家を築こうとした。しかし、最初は小泉家の重荷が三吉の両肩にのしかかり中々独立した家を築くことは困難であったが、作家としての成功は、三吉を一個の社会人に作り上げ、お雪との葛藤もいつのまにか離れられない存在にお互いがなることによって自然、信頼感へと変わっていった。お雪は、たとえ野垂れ死にをしようと家へ帰ってくるなという父親の命令により、どんなことがあっても三吉の側を離れないと決心している女である。二人だけの新しい家庭を築くことに精一杯努力する。そこには、近代的人間だけが持ちえる自我の覚醒と実存に対する信頼感がある。

島崎藤村の『家』に出てくる人物たちの家に対する様相をみてみた。各人が家を構築しようとしている姿が見られる。

これはバシュラールやボルノウもいっているように、家は究極的に安らぎの場であり、外部の敵から守ってくれる安全な場所であるからなのだ。一度は崩壊されても必ず再建されるものであり、人間の存在を可能にならしめるものなのである。藤村は『家』を書くことによって没落した小泉・橋本両旧家の再建を期待し、自分自身の新しい家を構築しようとした。つまり『家』は、新しい家の建設と旧家の再建を意図して書かれたものではないだろうか。

『夜明け前』と近代

一　はじめに

『夜明け前』は、藤村がフランスに行った時、発見した父の生涯を描いたものであり、それは、また、藤村の故郷の発見であり、強いては日本の再発見でもある、というのが今日の『夜明け前』評である。

本章において筆者は、父の発見としての『夜明け前』ではなく、この作品の中に表れている近代の意味を追求する。日本の軍国主義が日増しに強化されプロレタリア運動家に対する弾圧も日増しにひどくなり、第二次世界大戦への道を着実に歩いていた時代に、藤村は黎明期の日本を見つめ、それに期待して挫折した青山半蔵の一生を描いた。そこで藤村は何を書こうとしたのか。

青山家というのは、代々藩主たちが江戸に上るとき使われた中仙道の宿場の本陣であった。又、庄屋・問屋も兼ねており、その地方の地主であった。それが幕藩体制の廃止とともに十七代も続いた本陣問屋はなくなり、廃藩置県などにより、田畑、森林を国に奪われてしまう。明治維新によって与えられた戸長の職もこれといって為すべき仕事を与えてはくれない。そんな中で、長男半蔵は国学こそ国を救うと信じてしまう。世の中は、西洋を模倣して、追いつけ追い越せの富国強兵策のもと、近代化の嵐が吹きまくっている。

本章では先ず青山家の家督をついだ半蔵にとっての近代化とは何かについて考察し、次に、『夜明け前』執筆時の時代相と共に、藤村にとっての近代の意味をさぐり、最後に、『夜明け前』で作者が語ろうとした近代の意味について考察する。

二　青山半蔵にとっての近代

安政元年の旧暦3月、新婚の半蔵は、噂の中に前の年の6月に江戸湾を驚かせたアメリカの異国船が、また正月から、今度は四隻の軍艦を八十九隻にまで増して、武力で開港を迫っているということを聞いた。「こんな山の中にばかり引込んでゐると、何だか俺は気でも違ひさうだ。みんな、のんきなことを言つてるが、そんな時世ぢやない」（藤村11・61頁）と半蔵は考えるのだ。黒船の出現は半蔵をじっとさせてはおかなかった。半蔵の一本気と正しさは、誰も何とも言えないほどだった。一度これが自分等の行く道だと見定めたらそれを改めることも変えることもできない。そんな折、半蔵に思いがけなく江戸へ行く話が持ち上がった。青山家のもう一つの一族が相州三浦、横須賀在、公郷村に住んでいるので、そこを訪ねることになったのである。横須賀海岸の公卿村とは黒船上陸の地点から遠くない所であると半蔵は聞いた。半蔵の脳裏から黒船は片時も離れないのだ。半蔵が今度の旅行に胸を踊らせているのにはもう一つ訳がある。予てから入門を希望していた平田篤胤の門下を訪ねることができるからなのだ。平田篤胤はもう没していないが、その後継者である銕胤がいる。

半蔵が江戸へ出て来て見ると日に日に外国の勢力の延びてきているのが感じられ、それは半蔵の想像を絶していた。半蔵が尊敬する本居宣長の遺した仕事は言葉の鍵を握ったことだ。『古事記』の研究と健全な国民性を代表することや儒教や道教などの異国のものを捨て神ながら古の世に帰れと教えた。つまり「直毘の霊」であり、「自然に帰れ」と教えた。半蔵が和歌を読んでみたいと思ったのも、昔の人の率直な心に帰っていくためだ。今の世に生まれたものは自然なものを失っている。半蔵等は平田家を訪問して快く入門の許可を得て、江戸を後にした。幕府の威信はすでに地に落ち、人心はすでに徳川を離れて、皇室再興の期待が高まっているというようなことも聞かれるようになった。武家政治が始まってから衰微の一途を辿っていた皇室がこの頃になってまた回復の機会を与えられた。なぜなら混沌とした時代においてまとめるのは京都にある帝を中心に仰ぎまつることなしには、できなかったからだ。これは、半蔵にとって好ましいことだった。これは本居宣長のような先師をはじめ平田一門の国学者たちの帝を求める意味と事を同じことにしているからだ。仏教の腐敗も日に日にひどくなった。半蔵は思う。「平安期以来の皇族公卿達は多く仏門に帰依せられ、出世間の道を願はれ、たゞ〳〵この世を悲しまれるばかりであつたから、救ひのない人の心は次第に皇室を離れて、悉く武士の威力の前に屈服するやうになつた。（中略）諸国の百姓がどんなに困窮しても、寺納を減して貧民を救はうと思ふ和尚はない。（中略）百姓に餓死するものはあつても、餓死した僧のあつたと聞いたためしは無い。（中略）祭葬のことを寺院から取り戻して、古式に復したら、」（藤村11・207頁）と半蔵は考える。このような半蔵の意見に対して「馬籠の万福寺は、あなたの家の御先祖の青山道斎が建立したものですよ。」（藤村11・208頁）と念をおされる。これは後に半蔵が万福寺に火をつけることの伏線とみていい。「わたしどもに言はせると、伝教でも、空海でも――みんな、黒船ですよ。」（藤村11・208頁）という半蔵にとって国の復興は国学にしかないのだ。ただ徳川の威光というだけでは、多くの百姓たちも動かなくなった。であるから平田派の神葬祭は、廃仏を意味することでも大切な行事なのである。

攘夷―戦争をも敢て辞しないやうなあの殺気を帯びた声はどうだ。（中略）熱する頭をしづめ、逸る心を抑へて、平田門人としての立ち場に思ひを潜めねばならなかつた。その時になると、同じ勤王に志すとは言つても、その中には二つの大きな潮流のあることが彼に見えて来た。水戸の志士藤田東湖等から流れて来たものと、本居平田諸大人に源を発するものと。（中略）もとより攘夷は非常手段である。（藤村11・273頁）

この国は果して奈何なるだらう。明日は。明後日は。そこまで考へ続けて行くと、半蔵は本居大人が遺した教を一層尊いものに思つた。同時代に満足しなかつたところから、過去に探究の眼を向けた先人はもとより多い。その中でも、最も遠い古代に着眼した宣長のやうな国学者が、最も新しい道を発見して、その方向を後から歩いて出て行くものに指し示して呉れたことをありがたく思つた。（藤村11・274頁）

しかしこのような半蔵の考えをよそに、世の中は生麦事件をきっかけに外国の圧力を受け入れざるをえない状況になっていた。屈辱的な外交とまでいわれて支払済となった生麦事件の賠償金十万ポンドの外に、被害者の親戚や負傷者の慰謝料などの問題もあり、イギリスと薩摩との軋轢は深刻なものであった。尊王攘夷はこの討幕運動のためのものだ。なぜなら皇室の衰退を嘆き幕府の横行に憤っているからだ。であるから攘夷と討幕との一致結合を目指し、攘夷の名前を借りて幕府の崩壊を企てた。門戸の開放と明治維新は目の前まで来ていた。

開港か、攘夷か。それは四艘の黒船が浦賀の久里が浜の沖合にあらはれてから以来の問題である。国の上下を挙げて何程《どれほど》深刻な動揺と狼狽と混乱とを経験して来たか知れない問題である。一方に攘夷派を頑迷と罵る声があれば、一方に開港派を国賊と罵り返す声があつて、そのために何《ど》程《ほど》の犠牲者を出したかも知れない問題である。英米仏蘭四国を相手の苦い経験を下の関に嘗めるまで、攘夷の出来るものと信じてゐた人達はまだまだこの国に少くなかつた。好かれ悪しかれ、実際に行つて見て、初めてその意味を悟つたのは、ひとり長州地方の人達のみではなかつた。その時になつて見ると、全国を通じてあれほどやかましかつた多年の排外熱も、漸く行くところまで行き尽したかと思はせる。（藤村11・368―369頁）

それでは、半蔵が心の中で頼りにしている平田派の近代とはなんなのか。黒船のもたらす影響は、半蔵の住む木曾の方まで入り込んで来た。ヨーロッパの文明が、今まで眠っていたものを覚まし、価値観の混乱が至る所で起こっていた。当時、平田派の門人は全国に四千人近くおり、その中には自ら進んで討幕運動に参加する者も少なくなかった。半蔵のところへも何かの姿に身をやつして幕府の手配から逃げてくる人がいたが、半蔵はそういう人をいつもかくまってやった。新しい社を伊那の谷が一望できるところに建立し、そこに荷田春満、賀茂真淵、本居宣長、平田篤胤という国学四大人の御霊代を置いた。それは平田派にとっての記念事業でもあり、また、半蔵が心から要求した復古と再生との夢の象徴でもあった。より明るい世界への啓示を示し、健全な国民性を古代に発見することを教えたのである。半蔵は伊那にある平田門人達としきりに行き来を始めた。伊那の門人は三十六人位であったが、半蔵が訪ねたその年には新たに二十三人の入門候補を得たほどこの地方には信用があった。この人達は先人達のためにある記念事業を計画していた。半蔵達もそれには大きく関わっていた。もともと平田門人には武士階級は少なく、庄屋、本陣、問屋、医者、百姓、町人達であった。が特に庄屋と本陣、問屋とが東美濃から伊那へかけての平田門人を代表していた。彼らがしようとしている記念事業とは新しい社を建てることだった。荷田春満、賀茂真淵、本居宣長、平田篤胤の御霊代を置く社を、伊那の谷を一望できる山吹村の案山の土地を購入して新しい神社を建立することだった。半蔵は復古と再生との象徴を見、より明るい世界の到来を感じ、健全な国民性が古代に発見されるような気がして、とてもこの事業に意義を感じていた。

「あはれ〳〵上《かみ》つ代《よ》は人の心ひたぶるに直くぞありける。」

先人の言ふこの上つ代とは何か。その時になつて見ると、この上つ代はこれまで彼がかりそめに考へてゐたやうなものではなかつた。世に所謂《いはゆる》古代ではもとよりなかつた。言つて見れば、それこそ本居平田諸大人が発見した上つ代である。中世以来の武家時代に生れ、何《ど》の道かの道といふ異国の沙汰にほだされ、仁義礼譲孝悌忠信などゝやかましい名をくさ〴〵作り設けて厳しく人間を縛りつけてしまつた封建社会の空気の中に立ちながらも、本居平田諸大人のみがこの暗い世界に探り得たものこそ、その上つ代である。国学者としての大きな諸先輩が創造の偉業は、古《いにしへ》ながらの古に帰れと教へたところにあるのではなくて、新しき古を発見したところにある。

そこまで辿つて行つてみると、半蔵は新しき古を人智のます〳〵進み行く「近《ちか》つ代《よ》」に結びつけて考へることも出来た。この新しき古は、中世のやうな権力万能の殻を脱ぎ捨てることによつてのみ得らるゝ。この世に王と民としかなかつたやうな上つ代に帰つて行つて、もう一度あの出発点から出直すことによつてのみ得らるゝ。この彼が辿り着いた解釈の仕方によれば、古代に帰ることは即ち自《おのづから》然に帰ることであり、自《おのづから》然に帰ることは即ち新しき古《いにしへ》を発見することである。

中世は捨てねばならぬ。近つ代は迎へねばならぬ。どうかして現代の生活を根から覆して、全く新規なものを始めたい。（藤村11・436―437頁）

「自然《おのづから》に帰ることは即ち新しき古《いにしへ》を発見することである。」半蔵はこの言葉を自分の近代であるとし、日本国はこのようにならねばならないと考えた。本居宣長の遺著『直毘の霊』に書いてあるように「「天皇尊《すめらみこと》の大御心《おほみこゝろ》を心とせずして、己々《おの〱》がさかしらごゝろを心とする」のは、即ち、異国《あだしくに》から学んだものだと言つてある。」（藤村11・508頁）。本来は対立のなかった武家以前の国家。天皇の御政が国家の中心であり、そこには自ら神の道があった。半蔵はこの神の道を自然だと考えている。本居宣長の言う復古は更生であり革新である。遠い古代の出発点へ、それが半蔵にとっての革命であり近代であった。なんといっても彼等は健全な国民性を遠い古代に発見し、まずこの世の虚偽を排することをしたのだ。情をためず慾をも厭わない生の肯定は近代の学問であるとしてもいいのだ。「一切は神の心であらうでござる」（藤村11・537頁）と唱えながら、奉行屋敷に行って参勤交代の復活を求めるが聞き入れられなかった。

恩師の宮川寛斉が横浜貿易で大儲けをしたという噂は半蔵の心情を複雑にした。お金とは無縁のように思っていた人だっただけに半蔵は身近なところで近代に出会うのであった。世の中は参勤交代廃止以来の深刻な不景気に加えて、米価は金一両に付き一斗四五升に上り、貧困人の騒ぎは大きくなる一方であった。あちこちで貿易商の家や米屋や富有な家などを打ち壊した。その他、木曾谷中の不作、空前絶後の米価高などもある。政治の方では、一方には王政復古をかかげる岩倉公以下の人達があり、一方には天皇の密勅を奏請して大事を挙げようとする会津藩の人達がある。半蔵の愛読書は、宣長の『直毘の霊』である。ここには、争い、嘘などが笑ってあり、争いのない世界は神の世であり、世々の天皇の御政が神の御政であり、そこには自然に出来た神の道があった、などがこの本の骨子である。「自然に帰れ」というように、後から歩いて行く者に新しい方向を示している。宣長のいう復古は更生であり、革新である。そして半蔵は、この考えに力を得ている。王政復古の実現も時間の問題であるという空気の中で、半蔵の耳に思い掛けない新しい声が聞こえて来た。「王政の古《いにしへ》に復することは、建武中興の昔に帰ることであつてはならない。神武の創業にまで帰つて行くことであらねばならない。」（藤村11・531頁）と。つまり「建武の中興は上《かみ》の思召しから出たことで、下々《しもぐ》にある万民の心から起こつたことではない。」（藤村11・531頁）からだ。

上の思召しが少し動けばたちまち武家の世となってしまう。だが今度の復古は、叢の中からの復古であるから万民も心が変わらなければ武家の世になることはない（藤村11・531頁参照）。たとえ、王政復古を名目にして天下の政権を奪おうとする人がいるかもしれないが、これは下からの改革だからそんな自由にはならないと書いてある本を半蔵は見付けた。復古の機運が熟したと半蔵は思う。六百年来の武家政治も漸くその終局を告げる時は近いと思う。徳川慶喜が将軍を辞し、大政奉還が行なわれた。事実、慶応3年〈一八六七〉12月雪の降る日に王政復古は行なわれた。その冬の日、半蔵は庭を歩きながら復古の喜びを噛みしめた。歩き廻れば廻るほど新しい喜びが湧いた。「神武の創造へ――遠い古代の出発点へ」（藤村11・537頁）その建て直しの日がやって来たことを考えただけでも、半蔵の喜びは一層増した。しかし、日本は半蔵達の予測とは反対に富国強兵策の波に乗って、西洋模倣へと突進して行く新しい世の中になった。

王政復古と同時に門戸も解放し、世界に向かって動きだしたことは日本人各自の生活にまでその影響を及ぼすようになった。英語の使用、散切り頭、大小の武家屋敷が茶園に変わったこと、道路の拡張、照明の明るくなったこと、煉瓦の建物など。不思議な縁故から、上京後の半蔵は、教部御雇として一時奉職することになった。しかし半蔵の本意ではなかった。半蔵はどこか古い神社へ行って仕えることが出来るのか、期待してわざわざ上京してきたのだ。息苦しい時代の雲行きは、半蔵の心を一時も平安にしなかった。なんだか改革も逆に流れそうで、世の建て直しも人民の平等も心配になってきた。半蔵の目に映る新しい世とは、帰り来る古代ではなくて近代であったからだ。木曾谷山林事件は半蔵を戸長（旧庄屋）の席から下した。

又、教部省に出て仕えたのも束の間、六カ月後にはもう辞めてしまった。その後、飛驒水無神社の宮司の拝命に与かったが、四年余り居て、水無神社を辞し、家に帰って来た。平田篤胤没後の門人として、どこまでも国学者諸先輩について行こうと神の住居にまで辿り着いたが、追い求めるものはそこにも無かった。王政復古以来八年が経った。商業は著しく発達したが、西洋の文明が日本の政治制度に限らず、国民性を滅亡させるという危険を含んでいるようでもあるのだ。これは半蔵もうすうす気付いていたものである。失業した士族、廃業した町人などが、なんとか生きる糧を得ようと奔走していた。青山家の経済も、参勤交代制の廃止や廃藩置県により破綻をきたしていた。そのような時、半蔵について異常な噂が伝わってきた。学問に凝り過ぎて気が狂ったというのだ。お民はそれを聞くたびに泣いて暮らしたが、まんざら世間の噂は嘘ではない。新しい世の中、王政復古の古の良き世に帰ると思っていた、否、そう信じていた新しき世は、西洋文明の取り入れにやっきになっている社会である。半蔵の落胆は余りに大きい。青山家の経済的破綻の末、長男宗太との別居も決まり、淋しい晩年を送っていたある日、五十六歳の半蔵はとうとう万福寺に火を放った。半蔵の狂気の始まりである。大事には至らなかったが座敷牢に入れられ、「敵がくる」といいながら病み倒れていった。明治19年〈一八八六〉11月29日の夜のことであった。

半蔵がよく口ずさんでいた「きりぐ〳〵す啼くや霜夜のさむしろにころも片敷き独りかも寝む」（藤村12・515頁）の歌が残された者の脳裡に残っていた。飛驒の四年余りは、半蔵にとって忍耐の連続であった。「この維新の成就するまでは」と耐え忍んだ。本陣を捨て、庄屋を捨て、それから戸長になり、山林事件で戸長の職を離れても、半蔵は専ら待ち続けた。新しい太陽の輝く時を先師たちの教えにあるように、日に日に新しい道を更に明かにせねばならないと半蔵は思う。そして国学諸先輩の発見した新しい古を更に発見して行かねばならないとも思う。古を新しくすることは、半蔵らにとっては歴史を新しくすることでもあるのだ。また、半蔵はこんなことも思う。もしあの本居宣長のような人が生きていたら、明治の時代にいたら、新しく入ってきた西洋思想も、それを元にして日本的なものをつくり上げたのにと半蔵は切に思う。そして、自分の学問の浅さを恥じ、子弟の教育に余生を送ろうとした。しかし、一方で、全国四千人を数えた平田門人の中にこの時代を乗り越えられる人が現れるのではないかとも思うのである。「一切は神の心であろうでござる」。これは半蔵の行き着いた境地であった。攘夷と言い開港と言って悩んでいた、それらの実践者達も皆西洋と戦って敗れた人達だ。半蔵は自分の無能と無力にやりきれなかった。五十余年の生涯を掛けても何一つ摑むことが出来なかった。その思いが半蔵を狂気へと誘い、万福寺の放火へと誘い、座敷牢での狂死へと繋がって行ったのだ。西洋一色になって追随して行った日本に裏切られた半蔵にとっての近代とはこのようなものであった。

三　執筆時の時代相と藤村にとっての近代

半蔵が「一晩寝て、眼がさめて見たら」（藤村11・537頁）やってきた王政復古は半蔵ら国学者の考える方向には行かないで、西洋模倣の富国強兵策へと走って行った。

近代化の波に押されて半蔵の家つまり青山家は破綻し、世の中からの逃避のような生活をしたあげくに狂死してしまうのだ。

半蔵にとっての近代とはそういうものであった。本節では半蔵が生きた激動期と『夜明け前』執筆時の時代相に迫りながら藤村にとっての近代について考えてみる。

明治維新以来、キリスト教の影響により国学は明治新政府によって顧みられなくなり「皇国暦」というものを捨てて世界共通の太陽暦にし、文明開化の名のもとに洋学が主流となり、神道には誰も関心を持たなくなった。

半蔵がいる場所はどこにも無くなってしまった。それでは『夜明け前』執筆時の藤村はどうであったろうか。

藤村は「新生事件」を契機にフランスに渡った。そこで特に藤村のリモージュでの体験は、『夜明け前』だけでなく、『新生』『嵐』や紀行文にも多くの影響を与えたことは周知の通りである。藤村は大正3年〈一九一四〉8月にリモージュへ行っている。去ったのが同じ年の11月半ばだから約二カ月半という短い滞在であった。リモージュの自然は藤村の鬱屈していた心を開かせ、作家としての生気を取り戻させてくれた。フランス滞在中、一番寛げた時間であったという。特に、豊潤な自然と人、教会、梨やリンゴやバラなどがあり、羊が群れる丘、ステンドグラスの光、静かな黄昏などが多大な影響を及ぼしている。藤村は、そこで改めて自分と父とを繋ぐ強い絆を確認し、父の時代を書かねばという思いに駆られ『夜明け前』執筆の準備に取り掛かった。

時期的にいえば『嵐』執筆時と重なっている。それは『嵐』を論ずる時に必ずといっていい程言及される『夜明け前』との関係を見ても分かるし、又、作品自体の中にもそれは出てくるのだ。

「家の内も、外も、嵐だ。」（藤村7・10頁）という一句においてである。

家の外の嵐とは当時のインフレによる米騒動や市電のストライキ、社会主義者等に対する弾圧などによる社会不安である。

藤村はこのような不安で不合理な依然として西洋一辺到な社会状況を見て、明治維新の激動期について考えないではいられなかった。

何故なら、パリから帰国後の藤村はいつも座敷牢で狂死した父のことが頭から離れなかったからであり、その父を考えることがその時代を考えることに繋がり、それは故郷馬籠を考えることに繋がり、強いては日本国について考えることであった。それから自ずと『夜明け前』のテーマが出て来たのだ。

「この保田与重郎の批評のなかで、字眼のようにして、ぼくが注目するのは、もちろん、「崇拝と模倣とつひの建設と、この三位一体は完成しなかつた。鉄幹も子規も樗牛も、鷗外も敏も漱石も、何かに欠けてゐた。たゞ透谷の友藤村が、一人きりで西洋に対抗しうる国民文学の完成を努めたのである。その藤村の小説体系は、やはり陰雨に湿つてゐる」という部分だ。藤村ひとりだけが、西洋に対抗しうる文学を創りだしたという評語に、ぼく自身は、なんの異論もない。」という篠田一士の論がある。(1) 藤村だけが西洋に対抗できる文学を創りだしたということだ。つまり、藤村は昭和の暗黒時代に自分の時代というものをその精神に持っていたといえる。半蔵の目指していた時代とも言えるのではないだろうか。つまり、半蔵が目指して挫折した近代を藤村は昭和という時代に生きながら半蔵と同じように苦悩していたのではないかと思える。

それは次のような『嵐』の中の一節から見ても分かる。

『父さんは知らないんだ――僕等の時代のことは父さんには解らないんだ。』

訴へるやうなこの児の眼は、何よりも雄弁にそれを語つた。私も万更《まんざら》、斯うした子供の気持が解らないでもない。よりすぐれたものとなるためには、自分等から子供を叛かせたい――それくらゐのことは考へない私でもない。それにしても、少年らしい不満でさんぐ〳〵子供から苦められた私は、今度はまた新しいもので責められるやうになるのかと思つた。（藤村7・137頁）

「僕等の時代」と藤村は語っている。これは『嵐』に出てくる子供達の時代ともいえようが筆者には藤村自身の時代という意味にとれるのだ。そして僕等に対応する「君等の時代」というものが筆者の中にあったとしたら、それは「父の時代」を指すのではないのだろうか。

「今度はまた新しいもので責められるやうになるのかと思つた。」とある。この「新しいもの」が何を指しているのか。これは藤村が昭和以後の暗いファッショ時代を予感している言葉ではなかったかと考える。つまり藤村はフランスからの帰国以後、『夜明け前』の構想が頭から離れなかった。これは多くの先生方が論じておられる通りである。

そして、前にも述べたが、それが『嵐』の中でも多々見られる。

橋浦史一の「『嵐』論―『嵐』の意味」(『日本文芸論考』5、昭和49年〈一九七四〉2月)や笹淵友一の「藤村『アリシ』の考察―とくにその思想的背景について―」(『ノートルダム清心女子大学紀要　国文学科』9、昭和51年〈一九七六〉)などで言及されている通りである。

又、『嵐』以外の作品で見ると大正14年〈一九二五〉2月に書かれた『世紀の探求』というものや、大正9年〈一九二〇〉から昭和2年に書かれた七編の随筆『春を待ちつつ』の中にも「僕等の時代」についての言及があり、エッセイ集であるだけに時代相と共に藤村にとっての近代の意味も言及されているはずだ。

まず、『大正十四年を迎へし時』に、

過ぐる一年の間、私達の手にした新聞紙で、一日として殺人、強盗、官公吏の腐敗、男女の情死、其他驚くべく悲しむべき記事と物凄き文字との絶えた日があつたらうか。これはそも〳〵何を語るものだらう。大正の文化を誇る私達が現に経験しつゝあるものは、前世紀の昔に多感で正直な詩人が感じたと同じやうな社会苦ではなからうか。(藤村9・171頁)

そして、「盗難、殺人、出火、男女の身投なぞの記事が、あの一茶の日記の随所に見出された。」(藤村9・171頁)ことも確かである。しかし、私は前世紀の多感で正直な詩人というのを青山半蔵であると見てもいいと思う。この考えを裏付けるものとしては次のような文章がこの後に続いている。

何といふ社会の空気の暗さだつたらう。多くの人の心を掩ふ破壊と虚無との傾向、乃至は寂寞感、それらのものは重く垂れ下る雲のやうに自分等の頭の上を通り過ぎたやうな気もする。（中略）たゞ〳〵私達は、自分等の忍耐も、抑制も、これを来るべき春への準備のものと考へたい。

真に夜明けと語り得る時のために今日までの暗さがあると考へたい。（中略）大震災が来た。反動の大勢は果してその後に押寄せて来た。この反動は私達の内にある好いものを護り育て、行くやうなものだらうか。もし今日に狭い頑な保守的の思想が生れて来て居るとするなら、その責は誰が負ふのだろう。私達の時代の難さ。新しい正月を迎へて見て、つく〴〵私はそのことに想ひ当る。（藤村9・173—174頁）

これは青山半蔵が考えた暗い世の中と同じなのだ。

『前世紀を探究する心』には、はっきりと自分はパリで日本の十九世紀というものに興味を持ち始めたと、そして十九世紀といってもその時代に起こったことでも自分達に直接関係深いものばかりであると、あの暗い時代をもっと探って見ることは興味の深いことではないか、などなど書いてある。

そして、

何と言つても前世紀での大きな出来事の一つは明治の維新であらうが、旧制度の打破、民族の独立、外国勢力への対抗といふことにかけて、前世紀のはじめから流れて来たこの二つの精神が相交叉し、相刺戟した跡を読みたい。大正の今日、私達の眼前に展開しつゝ、あるやうな世界主義

と、その反動の大勢とは、早くも前世紀に産声《うぶごえ》を揚げた双生児であることを読みたい。（藤村9・191頁）

「双生児」であると考える藤村は『夜明け前』にすでに執筆時の時代相を投影していたと言える。そして最後にこう語っている。「今日の青年の激しい精神の動揺を思ふものは、もつとその由来するところを自分等の内部にたづねて見ねばなるまい。」（藤村9・192頁）。そして藤村はそれを『夜明け前』を書くことによって実現した。

ここまでは藤村が『夜明け前』執筆時の時代相が『夜明け前』に表れていることを論述した。次にそれでは藤村にとって近代とはどんなものであったかを論述してみる。

藤村は明治5年〈一八七二〉馬籠に生まれた。その時既に父島崎正樹は狂気の兆しがあって藤村は僅か数え年十歳で東京に嫁いでいる姉高瀬そののもとへ遊学にやらされた。その後、母ぬいの死まで郷里に帰っていないのである。これは『夜明け前』にもでてくる。ただここでは、半蔵が自分のできなかった学問を一番利発な四男にさせるという意味での東京遊学と出ているが、実のところは父正樹の狂気が子供に及ぼす影響を恐れてのことだった。藤村の青春は東京で始まり東京で終わったといっても過言ではない。藤村は、晩年になって長男、次男を故郷に帰らせて、長男は農業を専門にし、次男は、農民画家として社会に送り出して行った。しかし、自身は、故郷へは訪ねてはいっても、決して帰ろうとはしなかった。そこに藤村の中の故郷というものを見る。そして又、藤村の青春はキリスト教との出会いと別れであり、日本語訳や英語訳による西洋文学文化との出会いとその踏襲であった。明治の初め、キリスト教に触れることが西洋文化を学ぶことへの近道であった知識人達は、たやすくキリスト教に入りたやすく離れて行った。

特にセザンヌ、トルストイ、モーパッサン、ドストエフスキィー、カーライル、ホイットマン、チェーホフ、などからの影響が大きく、又、西洋の古典としてはダンテの『神曲』や古代ギリシャの哲学者などに多大な関心をよせていたし、又、それらから影響を受けていた。現に『夜明け前』の叙事詩的発想は『神曲』の影響であるという剣持武彦の見解がある。

ここで少しそれを紹介しておこうと思う。

ヨーロッパの近代文学の源泉としては、ダンテ、シェイクスピア、ルソー、ゲーテの四人の巨人が想起されるがこれら四者から、その生涯を通じて豊かに文学的な受容をなし得たのが藤村の文学であった。藤村は抒情詩『若菜集』（明治三十・八）によって世に認められ、叙事詩的な長篇『夜明け前』を書くことによって大成した。このことは、ダンテが抒情詩をちりばめた自伝的な物語『新生』から出発して『神曲』を完成するに至ったことや、ゲーテが書簡体告白小説『ウェルテル』から出発して自伝的な作品『ウィルヘルム・マイステル』を書き、壮大な詩劇『ファウスト』を完成した道程にも比べられる(2)。

この点に関しては稿を後に譲ることにする。とにかく藤村は青春の全てを東京で送りながら西洋の古代から十九世紀までの西洋の文学や文化を吸収し、藤村は独自の精神世界と文学世界を構築していった。それから収斂されたものが初めての長編であり、日本リアリズム小説の名作であると言われる『破戒』であり、『家』である。両編共に日本の因習・封建性と関わりのあるものである。

つまり、藤村が青春を賭して追求し、辿り着いたものは日本そのものであった。藤村は『夜明け前』（昭和10年〈一九三五〉）を完成して、次の年に定本版『藤村文庫』第三編『早春』に収めた「千曲川のスケッチ」奥書で次のように述べている。

それにしても、わたしたちの弱点は歴史精神に欠けてゐたことであつた、もしその精神に欠くるところがなかつたら、自国にある古典の追究にも、西欧ルネッサンスの追究にも、あるひはもつと深く行き得たであろう。平田禿木君も言ふやうに、上田敏君は『文学界』が生んだ唯一の学者である。その上田君の学者的態度を以てしてもこの国独自な希臘研究を残されるところまで行かなかつたのは惜しい。西欧ルネッサンスに行く道は希臘に通ずる道であるから、当然上田君のやうな学者はその準備もあつたらう。しかし同君はそちらの方に深入りしないで、近代象徴詩の紹介や翻訳に歩みを転ぜられたやうに思われる。(3)

と書き、そこで自国の古典の追究に触れている。ルネッサンスの研究を目指した上田敏が、ルネッサンスだけを追究しないで『海潮音』（明治38年〈一九〇五〉）の訳者になったことへの作者の感想であり、自分だけがルネッサンスを追究し、日本の古典を追究したという感慨がこの一文に込められている。

藤村が追究した古典は大変多い。『万葉集』『枕草子』が代表的なものであり、その他、『古今和歌集』から正しい日本の言葉を学び、西鶴、一茶、芭蕉からは事実方法を、そして本居宣長、平田篤胤などから日本の精神を学んだ。日本の古典から自身の文学的支柱や精神を確立したと言える。国学というもの自体が、上代の純粋な日本文化を復活しようとするものだから、学問の対象は、古代日本文化であり、日本民族固有の文化であり、永遠に、国民思想の中枢である。中でも、平田国学の根本は真心であり、この真心に従って行動することが神道に叶うものであると教えた。これは、自分の利益を捨てて国の為、朝廷の為に尽くすことと同心なのだ。そして、吉村善夫が言及しているように「藤村は近代精神の破綻を経験しながらも、これを棄てきることはできず、国学の精神に立ち帰ることによってこれを活かし返そうとでも考えたのであろうが、両者は直接に結びつき得るものではなく、彼にあってはただ両者がたがいに交叉しつつ併存しているという状態であったろう(4)」と言おうとしたと言える。結局、藤村は、『夜明け前』執筆を通して発見した国学の精神を近代精神に結び付けようとしたと言える。

四　『夜明け前』に表れた近代の意味

篠田一士が『二十世紀の十大小説』の中で、日本の小説として唯一『夜明け前』を取り上げている。

そして、その根本的理由として、「文学開眼をはじめてほどこしてくれたのが、ほかならぬ『夜明け前』である(5)」ると語っている。又、続けて、二十世紀という時代を存分に表白し尽くした傑作であるとも。では、篠田のいう『夜明け前』に表れた近代の意味とはどんなものだろうか。それは、作中に出てくるヨーロッパ、アメリカ合衆国の人達を通して日本がどんな国であるのかを探ろうとしているし、ハリスの口上書を原文のままに作品の中に表すことによって言語の空間を拡げていることだ。ハリスの口上書だけでなく、公文書をそのまま引用し活用したことは一般の文学常識から言えば非小説ということになるのであるが、これは到る処にある歴史解説の文章などとともに特異な様相といえる、ということだ。

十八世紀以来、近代小説の常識・慣習の集積から近代小説美学を作り出して来た近代ヨーロッパ小説とはまったく無縁な文学風土の中で「小説美学がなにか」とも知らない中で、小説とはなんぞやということを飛び越えて言語そのものが形づくるテクスト言語世界に着目、そこに創造の生命を賭けた近代日本文学の精神の冒険が凝集した形として、『夜明け前』となり空前絶後の傑作を出現させたのだと言っている。これについては藤村自身も「『夜明け前』を出すについて」という文章の中で、「一つのスタディを持ち出して見るに過ぎない」(藤村13・325頁)ということを語っており、これまでの自分の小説形式とは異なるものであることを示唆している。これについての詳しい論拠を提示しているのが、高橋章則の「『夜明け前』の『草叢』をめぐって」という論文である。高橋はこの論文の冒頭で、「藤村の創作意図が、一見典拠に忠実に見えつつも虚構化された記述の中に発見できる、ということになる。本稿の課題の一つは、この『夜明け前』創作上の意図とそこに込められたであろう藤村の思想とを典拠（史）料と虚構とのはざまの中に見出すことにある。」という。そして「藤村が国学思想の範型を宣長に求めていたという指摘は首肯されるべきものであり、我々は第一部第五章二の「あの鈴の屋の翁こそ『近つ代』の人の父とも呼ばるべき人であつた。」として宣長の思想に近代性を読みとり、宣長の思想を以って国学を代表させようとする表現を『夜明け前』の随所に見出すことが出来るのである」という。(6) このことについては私も前節で半蔵を中心に言及している。この他に藤村の近代意識と『夜明け前』との関係についての高橋昌子の論文「『夜明け前』論」(7) がある。高橋昌子は、「夜明け前」の多義性をひとつの全体性とする役割をになっているのが「自然」であるといい、近代における「狂気」と「自然」との関わりについて明快な論理で説明する。

『夜明け前』は、方法においても、表現においても、思想においても、多様な素材と異質な態度をかかえており、そのために分裂や矛盾を含んでいる。そうした作品世界の多義性をひとつの全体性とする役割をになっているのが「自然」であると思われる。それはルソーや本居宣長の思想に接しながら、しかもそのどれでもない独自の認識と表現である。そして、その「自然」もまたこの作品では一元的ではなく、多層的である。固着した思想や観念ではなく、動きつつある矛盾が作品の核心をなしているところに『夜明け前』の特質があるのだと思われる。（276―277頁）

「自然」をサンボルとして理念的にとらえると『夜明け前』の中枢は松雲的「中世の肯定」になるのである。私は篠田氏と共通の問題関心を持っているが、『夜明け前』には理念としての静的な自然と、具体としての動的な自然とが〈競存〉していると理解する。(283頁)

近代文明は自然を支配し破壊する。その中で自然に分け入ってゆくのは二流の人であり、現世的文明の発達に資する第一級の人ではない。二流の人は一流の人々の支配する社会に異和を感じ、現世での実行に邁進することができず、孤独のうちに自然に赴くのだが、自然との交感の中に醸成される鋭い感覚と強い感情は現世からの超脱と現世へのたたかいの両者を喚起し、彼は自分を安定させることができなくなる。自然を見ることは決して安らぎにも宗教的忘我にもつながらないのである。自然は孤独の隣りにあり、狂気を呼び起こすものである。(293頁)

もう一つ私がここで紹介しておきたいものに、紅野謙介の論文「神話と歴史─『夜明け前』試論(その二)─」(8)の中に言及されている半蔵の狂気についてがある。紅野は、『夜明け前』の中で語り手の語った、西洋文明との衝突を〈洪水〉といったという部分に注目して、「洪水にせよ、〈地震〉にせよ、災害がつねに新たな社会への再生の希望を育むものであることは、災害と千年王国運動のつながりを見ても明らかである。」というふうに言及して、「物語の祖型としての〈洪水伝説〉を『夜明け前』に見ていくと、(中略)人類堕落型の〈洪水伝説〉が儀礼構造上、神への犠牲を必要としたように、半蔵の狂死は一種の供犠儀礼ではないだろうか」と言う。〈洪水〉を鎮めるための新しいスケープゴート、生贄、それが半蔵ではなかったのかという。特に半蔵は貴種として造型されていて、生贄には最適の存在であったという。つまり、かつては村の王であった男、そして村人から離反され、偶像破壊（万福寺放火）を行なおうとしたこの異形の者を葬ることで、新たなる秩序＝〈夜明け〉が待望されるという見解を示している。文学研究の底の深さというものを痛感させられる論旨である。

ともかく『夜明け前』は、これら以外の多くの研究者によって研究されてきた作品である。

その題目が語っているように、〈夜明け〉〈前〉である。そしてすでに言及したがこの〈夜明け〉は明治維新の激動の中での新しいものを期待する。『夜明け前』では古の世に帰るということであるが、それが成し遂げられていない〈前〉の物語であるというのは自明の理であるが、それと同時に、藤村が生きていたファッショの時代、つまり個の自由＝〈夜明け〉を押し流していく権力ファッショの時代〈前〉を言おうとしていたのではと考える。そして、結局『夜明け前』の近代というものは、無かったのではないかというのが筆者の見解である。執筆時の藤村は淋しそうであったとその回想録の中で、静子夫人は語っている。[9]個の独立と国家の独立とを望んでいた藤村にとって『夜明け前』は『東方の門』への道に通ずるものであり、本当の近代の意味はそこにあるのではと言える。つまり、藤村は、通常のように明治維新によって近世と近代を区分するようなことをしないで、本居宣長の死前後に始まる日本の十九世紀を一つの連続した時間として認識するところにあった。西洋文明との対立と葛藤を繰り返した近代化を再検討し、日本の植民地化を防いだ中世の意味の発見も、それに伴う国学の評価も、近代の国民意識を探ろうとするものも皆、『夜明け前』の主題に通ずるものである。そして、近代化の再検討というのは、明治維新をその中心においてのことではない。江戸から明治へ、西欧文明の外からの（漱石はそれを外発性という）インパクトを超えて動いていた内発性についてのことである。そして、そこで藤村が発見したのが平田派の国学である。古に帰ること、自然に帰ることが近代の意味であった。これについて三好行雄はまた別の見方をしている。つまり、よくいわれる〈叢の中〉という視点には、下層農民の視点からの眼は含まれないというだけでなく、『夜明け前』の反近代そのものが、日本の社会構造の最基底部で、頑なに近代化を拒み続ける固有の土俗性の捨象を前提として発想されている。『夜明け前』を知識人の小説と定義付けている。『夜明け前』を反近代化とする三好の見解には肯かざるをえない。『夜明け前』の最後の部分、半蔵の埋葬の部分はとても暗い。三好は続けて言う。一人彼の生涯が終わりを告げたばかりでなく、維新以来の明治の舞台もその十九年あたりまでを一つの過渡期として大きく回りかけていた。新しい日本を求める心は多くの若者の胸に萌してきたが、しかし、封建時代を葬ることばかりを知って、まだ真の維新の成就する日を望むことも出来ないような不幸な薄暗さが辺りを支配していたと。『夜明け前』に表れた近代の意味は、序章の「木曾路はすべて山の中である」（藤村11・3頁）に始まった馬籠での半蔵を通しての近代人の生と挫折を見、日本の黎明期に照明を当て、その意味を探ろうとするものである。そしてそこから得た結果としては、反近代の様相を呈しているというものであった。

五　おわりに

今まで筆者は、『夜明け前』の近代の意味を、「二　青山半蔵にとっての近代」「三　執筆時の時代相と藤村にとっての近代」「四　『夜明け前』に表れた近代の意味」の順に論述してきた。

二では、黒船到来による半蔵の動揺を書き、半蔵が平田派の門下になって山林事件などに関わっていく姿、廃藩置県による旧家の没落、農民たちがもはや庄屋・本陣・問屋でなくなった半蔵について行かなくなる姿、新しい近つ代が来ると信じていたところ（それは半蔵にとって天皇中心の古の世である）、王政復古の実の姿は、西洋文化の取り入れと外国との貿易に余念のない政府の姿であった。半蔵は挫折し、狂人となって一生を終える。半蔵にとっての近代とは、そういうものであった。

三では、藤村が『夜明け前』の発想を得たのがフランスでの旅であり、執筆の準備に取り掛かったのが、『嵐』執筆の頃であった。当時の日本は、ファッショ化が進み、米騒動・ストライキなどの社会不安が進んでいた。このような社会不安の中で、父の生きた明治維新の激動期について考えないではいられなかった。「新しい時代」が本当に来るだろうか。そんなことを考えながら、国学者として波乱な一生を送った父の存在、その時代は、藤村自身にとっての近代とは何かを教えた。そして藤村は、日本の古典から自分の文学的支柱や精神を確立した。

四では、日本の十九世紀を一つの連続した時間として認識することにあった。西洋文明との対立と葛藤を繰り返した近代化を再検討し、国民意識を探ろうとするものである。そして平田派の国学に迫り、近代とは古の世に帰ることであるという平田篤胤の教えは、『夜明け前』の主流になっている。しかし、半蔵には、叢の農民に置く視点は持ちえて無く、結局新しい世の中というものが、日本の社会構造の最基底部で、頑なに近代化を拒み続ける固有の土俗性の捨象を前提として発想されたところに、『夜明け前』における反近代というものが如実に現れるのである。そして、半蔵の埋葬の日の薄暗さは、半蔵の半生の薄暗さであり、日本の近代社会の薄暗さでもあるのだ。

注

（1）篠田一士『二十世紀の十大小説』（昭和63年〈一九八八〉新潮社、463頁）
（2）剣持武彦編集、吉田精一、福田隆太郎監修『比較文学研究　島崎藤村』（昭和51年〈一九七八〉朝日出版社、378頁）参照。
（3）剣持武彦『藤村序説』（昭和59年〈一九八四〉桜楓社、70頁）
（4）吉村善夫『藤村の精神』（昭和54年〈一九七九〉筑摩書房、270頁）
（5）注（1）474頁。
（6）高橋章則「『夜明け前』の『草叢』をめぐって」（『島崎藤村研究』17、平成元年〈一九八九〉双文社出版、39頁）

（7） 高橋昌子『島崎藤村　遠いまなざし』第十三章（平成6年〈一九九四〉和泉書院）
（8） 紅野謙介「「神話と歴史」―『夜明け前』試論（その二）―」（『媒』2、昭和60年〈一九八五〉「媒の会」）
（9） 加藤静子『落穂―藤村の思い出―』（昭和47年〈一九七二〉明治書院）

『巡礼』のナショナリズム的解釈の可能性

一　はじめに

『夜明け前』を終筆した藤村は、日本ペンクラブの初代会長に選ばれ、翌年、国際ペンクラブ大会に、日本代表として出席するため静子夫人を伴って約半年間の海外旅行に出かけた。その間の旅行のことを書いたのが『巡礼』である。三好行雄は「『巡礼』の語りくちは翳りのない、自由で伸びやかなものになっている。(1)」と述べている一方で、書かれている内容については、「移民の問題、在外日本人の活動、人種差別、第二次世界大戦前夜の文化の危機など、眼前の事象に触発された思索が自由に語られてゆく。思索の中心におかれたのは日本の伝統と近代についての誠実な考察であり、〈東と西〉の問題である。(2)」と述べている。三好は、藤村が『巡礼』で移民の問題や人種差別や大戦前夜の文化の危機など当代の社会問題に関心があったとだけ述べ、藤村の当代知識人としての責任問題については言及していない。

最近では、『巡礼』を紀行文としてより文明批評の作品という側面から考察する傾向が見られる。

平林一の著書『島崎藤村／文明論的考察』がそれである。平林は、この著書の第一部で、藤村の文明批評の出発から『東方の門』に至るまでの過程を述べている。まず、平林は藤村の文明批評の出発を、北村透谷の死後、透谷を受け継いで、時代の精神に対決しながら創造の場を求めて格闘した所に見ている。(3) ここでいう創造の場とは、内部生命の自覚に基づく創造の地点である。藤村は、これを日本文化・芸術・性格などを再発見したパリ体験によって得たと平林は言う。続いて、「藤村は西洋に学びつつ、日本人の内部にあるものを歴史的に探求し、日本の文化を育てようと考えている。そこに藤村の目指す「国粋の建設」という希望があった。(4)」と論を進めている。そして、『夜明け前』の最後のところを、「藤村が「江戸＝前近代、明治＝近代」という図式を超えた歴史観を持っていたことを示している。」と述べ、「封建時代は近代を準備する時代、近代の力を蓄える季節であったというように藤村は考えていたのだ」と述べている。(5) これは、藤村の目指す〈国粋の建設〉において土台となるものである。漱石が指摘した「外発的」開化を、「内発的」開化に引き戻す内部の探究は、〈国粋の建設〉の追求と重なって来るのである。このような文明観を持っていた藤村は、昭和10年代にどのように思索したか、平林は、次のように論じて、著書の第一部を終えている。

近代の「やりなおし」とは、あらためての精神史的追求であろう。近代日本に対する評価は、昭和時代の藤村評価に深くかかわるものである。

藤村は生涯で五つの戦争時代（日清・日露・第一次大戦・日華事件・第二次大戦）を体験した。藤村は、戦争のもたらす変化や陰影に注意をむけているが、戦争そのものに深く立ち入ってはいない。しかしながら、「大東亜戦争」下、大東亜共栄圏思想に傾斜したことも事実ではあるまいか。昭和期における藤村の文明論が問われる所以である。(6)

このように平林は、昭和10年代における藤村のナショナリズム志向について論究の余地のあることを示唆している。

次に、戦時体制下の藤村について書かれた小池健男の論文について言及する。

小池は、「『東方の門』の〈幸運〉」で、戦時体制下、つまり、昭和10年代の藤村について詳しく論じている。まず藤村が素朴な愛国心の持ち主であることに言及し、次のように述べている。

藤村がかつて三年間のフランス滞在と、その往復の航路で体感し体得した母国を思う心、先進ヨーロッパ諸国の、特にイギリスの植民地政策を目撃して掻き立てられた憤懣、一口で言えば〈素朴な愛国心〉、そしてその後の国際ペンクラブ大会に際しての世界一周旅行によって揺るぎないものとなっていった日本の伝統文化の優秀性に対する確信などを思うと、(中略)藤村にとって敗戦の憂き目を味わうことは、一般の人々よりもはるかに大きな打撃であったと思われるからである。(7)

「素朴な愛国心」は、戦争加担という意識が欠如しているだけに責任の所在は問われないが、藤村が素朴であっただけに藤村自身の中で大きな打撃を受けたであろうと小池は述べている。

また、昭和15年〈一九四〇〉の『戦陣訓』の校訂に藤村が協力したことに関して、「藤村が自ら進んで「戦陣訓」校訂に協力を申し出るような事態はまったく考えられないが、兵隊さんにも分かりやすい文章に、と頼まれれば熱心に協力してしまう素朴な誠実さが藤村にあったであろうとは、十分に想像できることである。」と述べている。(8) それに藤村は恐らく緊迫した時局のもとでは、若い頃の厭戦の気配などは、まったく影を潜めてしまっていたのであろうと述べている。「素朴な愛国心」「素朴な誠実」の持ち主である藤村は、昭和17年〈一九四二〉5月に結成された日本文学報国会の名誉会員になり、11月の日本文学報国会第一回大東亜文学者大会で、求められて聖寿万歳の音頭をとっている。小池は、聖寿万歳の音頭を唱えたからといって藤村を責めるつもりはさらさらないと言っている。その理由として、当時としては、大本営発表を鵜呑みにし、事あるごとに天皇陛下万歳を唱え、皇居を遥拝し、「海行かば」を歌い、などそれらが生活習慣となっていたからと述べている。しかし、小池は、藤村のような著名で地位の高い知識人が止むを得ず引き受けたことも、後からの責任追及の火種になりかねない恐れが多分にある。そして、藤村は、そうした責任問題になりかねない事態を懸念していたはずなのだが、結果的に時の流れに押し流されてしまったように見える、とも論じている。責任追及の可能性があるとも解釈される。

藤村のナショナリズム志向については、小池の論より一歩踏み込んだ形で、池内輝雄が、「特集島崎藤村　生誕百三十年」で次のように述べている。

やはり時代の中で生きる者が持つ、自ずからなる限界はあるでしょう。日露戦争のころを回想した『突貫』や、フランスで体験した第一次世界大戦のエピソードを綴った『幼きものに』に、日本びいきや戦争肯定の心情が見てとれます。『東方の門』にも、日本が美しい国、優れた国であるといったナショナリズム志向はあらわです。こうした発言を批判するのはたやすい。また充分批判されるべきだと思いますが、個人の持つ時代的な限界も考慮されるべきでしょう。良くも悪くも、それも仕方なかったのかなと思います。(9)

ここでは藤村の戦争肯定を心情の表れと見ている。はっきりと藤村にナショナリズム志向のあったことを述べている。

以上、三好行雄、平林一、小池健男、池内輝雄などの、藤村のナショナリズム志向つまり当代の社会に対する文壇の大御所としての責任の問題についての見解を考察した。その結果、「藤村は、戦争そのものには深く立ち入っていないが、大東亜共栄圏思想に傾斜した」、「時代の現象に対しての責任の意識の欠如は、問題として問われない」、「時流に押し流されるという、個人の持つ時代的限界のため仕方なかった」など、三好を除いては（三好はこのことについて言及していない）、戦争肯定やナショナリズム志向を示唆していることが分かった。しかし、これら三氏と同じように筆者も考えるのであるが、もう一歩突っ込んで藤村の意識の中にははっきりとナショナリズム志向があったのではないかと考える。それを、本章において、『巡礼』からの読みで明らかにしたいと思っている。

二　『巡礼』とアジアの国々

『巡礼』と関連して一番多く論じられるのが『東方の門』である。『巡礼』の旅で『東方の門』の構想は生まれて来たと言われる。[10]『東方の門』の主題の一つとして日本精神への回帰をあげることができるが、ここで必ず取り上げられるのが岡倉天心つまり岡倉覚三のことである。[11]以下、岡倉天心という。

藤村は、リオ・デ・ジャネイロ丸でセイロンの港コロンボに到着した。その時すでに印度は英国の植民地であった。藤村は、そういう印度に思いを馳せ次のように語る。

世界最古の文明国を祖先の地とする印度人の中には気概あるものも起つて国民の覚醒を促しはじめたのは、十九世紀の中頃よりであるといふ。いかにせば彼等の支配者をしてかく強力ならしめた原動力に対抗し得べきやとは、それら印度人士の念頭を離れないことであつて、西の欧羅巴よりする科学的文明なるものは日夜彼等が研究の対象となつた時代もあつたとか。（藤村14・144―145頁）

印度にしても日本にしても近代化の過程の中で西洋の文明を積極的に取り入れた時期があった。そして、印度は不幸にも英国の植民地になった。日本は、植民地にならなくて、逆に西洋への追随が激しい中でアジアの近隣諸国を植民地とした。印度では反動として、「古代印度に帰れ」との声が起きた。そして、印度固有の人士によってその古い歴史に対する考証学が打ち建てられ、絶えず平和と自制とをもって、西洋の組織的で異質な文明の開発と破壊に対した。藤村は、『巡礼』で印度の未来についてこのように言及した後、タゴオルと岡倉天心に思いを馳せている。

デヱンドラ・ナアトのやうな熱情家を父とし、勢力人望ある一門を背景にして、タゴオルのやうな新しい詩人がベンガル地方に生れて来たといふのも偶然ではない。又日本より旅して行つた岡倉覚三のやうな人を迎へて、亜細亜といふ一つのものに堅く互いの心を結びつけられたといふのも決して偶然ではない。（中略）その結果は、彼が印度滞在中に起稿した「東洋の理想」の著述となつたことを想像して見るのもおもしろい。彼が印度の詩人に逢つて強い共鳴と友情とに結びつけられたのは、まだ男のさかりの年頃であり、当時タゴオルも彼も共に四十の歳を幾つも出てゐなかつたやうに伝へられてゐる。（藤村14・145—146頁）

特に、藤村は、岡倉天心が、東洋の諸美術と文学宗教との関係に対する広い知識と洞察力とを持ち、日本、南北支那の美術に関する熱心な探求を印度にまで向けたことに驚きを表している。まだ夜の明けきらないうちに起き出してきて払暁の静かさを味わう。日頃敬愛していた岡倉天心についてその足跡を振り返ってみるのである。その岡倉天心について少し考察してみる。

岡倉天心は、アジアの西欧からの解放を主張し、日本の主導的役割を訴えたが、アジアにおける日本の帝国主義化に対する諸矛盾に対しては認識していなかった。『ブリタニカ国際大百科辞典』に、「一九三〇年代に始る戦争の危機とファシズム台頭の時期に体制の側から近代ナショナリズムの先駆者として評価された。[12]」と記されている。日本の植民地政策に喘いでいたアジア人民の側に向けた視座が欠如していたといえる。岡倉天心の「アジアはひとつなり」の思想は、日本がアジア侵略への道を歩んだ時にアジアの共存共栄ということと意を同じくして大々的にひろめられた。岡倉天心に心酔していた藤村は、意識も岡倉天心と同じであったのではないのであろうかと筆者は考える。藤村は言う。

欧羅巴より浸《せま》つて来た諸思想が東洋人を苦しめたことは、ひとりわれらにのみ限らない。印度人とてもまたその通りであつたらしい。なぜかなら、東洋は弱いからであつた。（藤村14・145頁）

「東洋は弱い」から日本がその東洋を西洋から守らねばならない。だから、「アジアはひとつ」という岡倉天心の言葉はアジア即ち日本として看過されても仕方のないところがある。アジア諸国が植民地となっている現状は致し方ないと現実的認識を有していたのではないか。

リオ・デ・ジャネイロ丸が香港に近付いた時のことだ。人々は内乱のため治安の悪化を心配して上陸するのを危ぶんだりした。その時の様子を、藤村は次のように叙述している。

しかしそんな不安が杞憂に過ぎなかつたことは港に着いて見て直ぐに分つた。言ふまでもなくこゝは英領である。（中略）この港が支那人に取つてさへある種の「隠れ家」の如きところであることを知る。二十年前わたしがこの香港の土を踏んで見た時は、新旧時代の混乱した相《すがた》がいろく自分の眼について、こんなに旧いものが沢山残つてゐては、いくら新人が生れて来てもこの古い支那をどうすることも出来まいと思つたほどだ。今度来て見て、さういふ感じがあまり起らないところを見ると、それだけ隣国人の進んだ証拠かと頼母しい。(藤村14・128頁)

英領になった香港は、支那人の隠れ家になったり、たいへん発展したりしていると藤村は記述している。又、「わたしはこの英領に旅の身を置くことも忘れて、雅致のある種々な支那風の建築に心をひかれ、」(藤村14・130頁)と叙述している。植民地であることに何らの抵抗も問題も感じていないようだ。「植民地でも発展しているから頼母しい」と藤村は考えたのだ。インド人民たちの独立運動についての情報はなかったのであろうか。

香港に上陸した時に見た支那の風俗からの印象を、藤村は、「男の着る季節柄薄色の長服が自分等の眼にはむしろだらしなく映るにひきかへ、襟深く裳の長い支那婦人の服は清楚な感じを与へる。好ましい風俗と思つた。」(藤村14・130頁)と叙述している。なぜ、男の服がだらしなく映ったのだろうか疑問である。また、南洋地方での実業家I君と逢った時の感想である。「「新嘉坡まで」というふ言葉がよくその談話の中に出て来るのもI君だ。虎狩、鰐《わに》狩のおそろしげな話も、所謂《いはゆる》ジャングルの開墾に経験の多いこの人の口から聞けば、植民地気分が浮んで来る。」(藤村14・133頁)という。ここで表現している植民地気分とはどんなことを意味しているのだろうか。さらに続く。「長い間の南洋の支配者と言へば先づ和蘭人か英吉利人《イギリス》だが、この調子で行けば将来彼等に代るべき運命のものは日本人であらう、すでにその機運は見えて来たと大きく出る人もある。ともあれ、この港の今日あるは南洋交通の要路に当るからでもあらうが、真の日本民族の発展とはたゞ〳〵横に展がりさへすればいゝといふやうな、そんなものだらうか――むしろわたしはその点に思ひを潜めながら、皆の話に耳を傾けた。」（藤村14・136頁）と叙述している。そして、藤村自身の結論として、「わたしは自分自身の眼にたよること以外に、どう判断の下しやうもないと考へ、これから遠く南米のかなたに多くの同胞を訪ねることをも楽しみに思つた。」（藤村14・136頁）と結論づけている。つまり、藤村は、南米移民に対しては憂慮しているのであるが、アジアでの日本人の活躍については批判しているのでもなく、これからの旅で判断しようと明言を避けている。

藤村は、現地の人のことを、「支那人」「印度人」「馬来人」と表現しながら、時に、当時の語法では一般的総称であった「土人」を使っている。本文では次のようである。

わたしたちはその混雑の中を船まで引き返したが、物売る土人が入り込んで来てゐて、下手に船室の扉もあけられない。（藤村14・135頁）

うす濁りのした海の色の浅い緑に光つたのも、沖合にあたつて細長く特色のある土人舟の帆の白く光つたのも、皆その風のためであつたらう。（藤村14・141頁）

港の土人等は逸早《いちはや》く小舟を漕ぎ寄せ、象の置物、莚、煙草なぞを売りに来る。（藤村14・142頁）

藤村は、ここでは、「土人」を、その土地に住み物を売って生活している人たちのことに限って使っている。これらが、藤村の意識の中ではっきり区別されているのが分かる。自分の眼でよく観察する藤村の自然主義作家としての特質がここでも見られる。しかし、この呼称は「未開発地で生活をしている土着の人をあなどっていう」(『広辞苑』)差別語であった。

三　おわりに

昭和6年〈一九三一〉7月、崔然は、平凡社から『憂鬱の世界』(13)という詩集を出版した。言うまでもなく、植民地朝鮮の現状を憂えている詩集である。崔然は、後記に、「自分は朝鮮人として偽りのない所、胸中に燃えてゐる感情の百分の一も書けてゐない様な気がする。」と書いている。作者の鬱憤がどのくらいなものであるか推察できる。この詩集に「印度人」という詩がある。一節を紹介すると次の様である。

(前略)何でも可いから、
理屈抜きに叩いて見ろ!
あの黒いぬので包んだ頭の中には、
激しい焔の燃えるのを感じる。

何でも可いから構はず、
惜しむことはない燃やして見ろ！[14]（後略）

英国領の人となっている印度人に自分の胸中を叩きつけて共感を呼び起こしている。最後にこの詩はこう結んでいる。「おゝ我が友よ！／遠慮することはない。何でも可いからさつさと語つて呉れ、／私は貴方方の話なら／幾何でも聞いて上げるから。[15]」と、憂える者同士に呼び掛ける温かさが見られる。

この詩集の序に、武者小路実篤は、「この詩集には朝鮮の人でないとかけないものがある。（中略）露骨な言葉で云ってしまえば亡国の人間でないと感じられない感じ方がある。（中略）戦勝国が威張る時代は過ぎた。」と書いている。この詩集を藤村が読んだのか読んでないのかそれは定かではないが、少なくとも植民地朝鮮の文人達が日本国内で日本語で祖国を憂える心情を吐露した作品が、当時多く発表されたのは事実であった。[16]藤村はこのような作品に全然目に触れなかったのだろうか。植民地朝鮮や台湾の人々、そして、英領、和蘭領の人々のような亡国の民の憂いや悲しみを知らなかったのだろうか。彼等の作品に接する機会がなかっただろうか。当時の文壇の状況からして知らなかったとは言えないだろうと思うのであるがさだかではない。藤村の「素朴な愛国心」や「素朴な誠実さ」がそれらを包みこんで語らないようにしていたのであろうか。それとも、意識的に関わらなかったのであろうか。

藤村は、「内発的開化にひきもどす内部の探求」として〈国粋の建設〉を唱えた。これは明らかにナショナリズムに結び付かざるを得ないものである。そして、これは、藤村だけでなく、漱石にしても鷗外にしても同じであった[17]。つまり、藤村は、『巡礼』の旅でも、内発を念頭においていて、藤村自身や日本国の相対化ということは念頭になかった。ゆえに、「アジアはひとつ」を唱えた岡倉天心に思いを馳せ、藤村自身も、日本という一国主義に自らを置いていたのである。

十川信介が本当の国際交流について触れながら、池内輝雄との対談で次のように話している。

「国際交流」という掛け声が盛んな中で、本当に「国際交流」をするとはいったいどういうことなのか、そういうことを強く考えさせられるのが、藤村後半の「新生」とか「仏蘭西だより」「海へ」、そして「夜明け前」という一群の作品だろうと思います[18]。

勿論この中に『巡礼』も含まれているのではないだろうかと考える。

藤村は意識的に当代のナショナリズム志向に対して、無批判であり、戦争肯定を示唆する言動などをしたと思われるのであるが、我々の内からの開化と相対化の視点こそ、より藤村文学を国際性豊かなものにするものであると筆者は確信する。

注

（1）『島崎藤村全集第十二巻　筑摩全集類聚』（昭和57年〈一九八二〉筑摩書房）

（2）注（1）492頁。
（3）平林一『島崎藤村／文明論的考察』（平成12年〈二〇〇〇〉双文社出版、11頁参照）
（4）注（3）41頁。
（5）注（3）44頁。
（6）注（3）67―68頁。
（7）島崎藤村学会編『島崎藤村研究』26（平成10年〈一九九八〉9月、双文社出版、46頁）
（8）注（5）47頁。
（9）『国文学　解釈と鑑賞』（平成14年〈二〇〇二〉10月、至文堂、30頁）
（10）岩居保久志は、「島崎藤村における文学的主題―未完成作品『東方の門』の追求―」（『島崎藤村研究』26、平成10年〈一九九八〉9月、双文社出版）の中で、『東方の門』に関して、「最後の作品『東方の門』の構想の具体化は『夜明け前』直後、昭和十一年七月、国際ペンクラブ大会の代表として、夫人と、最も信頼する友人有島生馬とブエノスアイレスに旅立ったときから始まるのでしょう。（中略）『新生』の旅が『夜明け前』執筆の動機となり、『巡礼』の旅が『東方の門』のきっかけを作っているのはおもしろい。」（54―55頁）と述べている。
（11）岩居保久志は、又、岡倉天心との関連について、「翁助の『東は東、西は西、二つは永遠に相逢ふことはなからうかと、キップリングは歌ったが、この二つが岡倉天心に於て相会したのである。と言われることも偶然ではない―この素晴らしい思想と愛への啓示は、父がシャヴァンヌの高い感情を、己の内に感じ得るのと同様の高い共感を、そこに見つけたものと思われ、作品『東方の門』起稿へと動いた構想の中核には、そんな思想の啓示が深くあったのではないだろうか。』というのも執筆動機論として重要な示唆を与えている。」（注（10）、58頁）と述べている。
（12）『ブリタニカ国際大百科辞典3』（昭和47年〈一九七二〉ティビーエス・ブリタニカ、310頁）
（13）崔然については未詳。
（14）『憂鬱の世界』（昭和6年〈一九三一〉平凡社、44頁）
（15）注（14）45頁。
（16）大村益夫・布袋敏博編『朝鮮文学関係日本語文献目録』（平成9年〈一九九七〉緑陰書房）
（17）「明治二十年代以降行われた「国文学」の制度化は、単純に国民国家形成のためのプロセスという意味だけに止まらない。それは、「国文学」を手にしていない異民族、他国にたいする文化的へゲモニーの行使に繋がり、ついには「知による支配」体制の構築に寄与することになるのである。こうした観点からすれば、「国民作家」漱石の存在は否応なく帝国主義と結びつかざるを得なくなる。」（尹相仁「国民のなかの『心』」『比較文学研究』81、二〇〇三年3月、韓国比較文学会）。
（18）注（9）31頁。

島崎藤村の『破戒』と黄順元の『日月』との比較研究

―疎外の様相を中心に―

一　はじめに

時代的社会的状況が、文学作品を創造するにあたって特別な意味を与えると同時に、状況と文学作品両者の関係がお互いに影響しあうということが肯定できるという前提をもとにして考える時、状況の類似性が持っている同質的な意味が作品の性格にも類似性として表れ得るということが、比較文学的接近の根本的立場だ。[1] しかし、このような立場は、国籍と時代が異なっている作家達の作品に表れている類似性の詮索に余りにも執着する場合、この類似性の立証過程で作家の個性と作家が属している時代的特殊性を見過してしまったり、又は画一化してしまう危険性を含んでいると言える。

したがって、筆者は、そのような比較文学的接近方法が持っている根本的立場を受け入れながら、同時にこのような立場が持っている限界を止揚することに意義を見付けようとする試みである。島崎藤村の『破戒』と黄 順元《ファンスノォン》[補]の『日月』の比較において私は先ずこの二作品に表れているモチーフの類似性に注目する。つまり、『破戒』と『日月』に登場する主人公は、各々被差別部落民と〈白丁〉という前近代的社会において最も軽蔑と排斥の対象であった階層である。主人公が各々属している時代、一九〇〇年代と一九六〇年代という近代化された社会の中でも、社会的慣習の為に冷遇され軽蔑されている階層である。このような前近代的階層という桎梏の中で悩み、そしてその悩みは、彼らの生活とも深く関わっているのである。しかし、この二つの作品が持っている類似性に対する筆者の関心はモチーフに関してである。即ち、この章の究極的な目的は、先述したようなモチーフの類似性に注目しながら、一歩進んでこのモチーフが『破戒』『日月』に出て来る二人の主人公の行動様式にどのような意味を持っているのか、又、プロット展開過程の中でどのような主題的指向を持っているのか、というように対比的に考察することである。このような考察によって帰納される二つの作品の異質的様相は、島崎藤村、黄順元という二人の作家の作家的意図と作品傾向――この傾向の決定要因としては作家の個性、文芸思潮的影響、一歩進んで世界観の側面などを上げることが出来る――による結果である。

二　モチーフ(2)としての被差別部落民・〈白丁〉

1　社会的意味

『破戒』と『日月』の一番核心的なモチーフは、日本と韓国、両国の中世封建社会の中で、一番冷遇されていた一個の特殊な集団である被差別部落民と〈白丁〉である。私は、この二つの作品のモチーフの同質性に注目し、当然この集団が他の階層に対して持ったであろう対他意識と、この集団に固有な劣等意識や集団保存意識を分析して見る。

まず最初に、被差別部落民、〈白丁〉集団が葛藤する対象は、他階層が何時の世でも持っている社会的慣習による排他意識と優越意識である。この慣習は、近代化の中で持続され、どんなことによっても無くなることのない潜在意識的なものである。『破戒』と『日月』が持っている第一の類似性は、被差別部落民と〈白丁〉に対する潜在意識的な社会的抑圧が主人公の意識を支配するという事実である。この社会的慣習に対して主人公がどのような行動をなし、又、行動様相が作品内にどのような意義を与えるのかという点は、これから分析されるが、先ずここでは、第二の類似性である社会的慣習に対応する主人公家系が二世代に分かれている点に注目する。これは、モチーフがプロット化する重要な契機をなすので大変重要である。

『破戒』の場合、主人公丑松を中心にして簡単な被差別部落民の家系を見せている。

『日月』の場合、主人公インチョルを中心にしてその家系をみると、『破戒』よりは少し複雑であることがわかる。

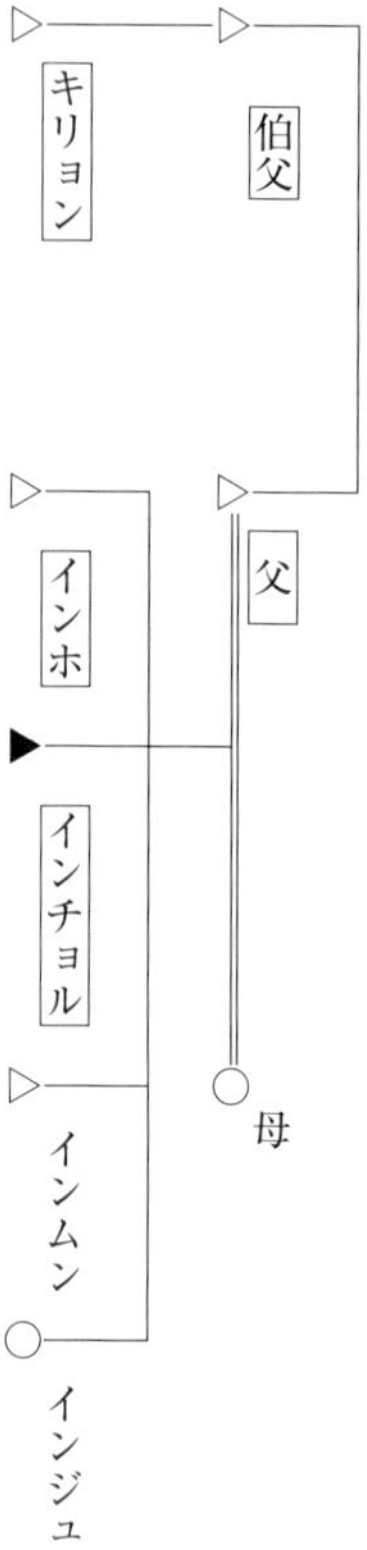

そして、これら登場人物の中で□の人物が、社会的抑圧に対して肯定的であれ否定的であれ反応している。しかし、『破戒』とは違って、『日月』の父と伯父の属する世代の行動様式と、これに対す

るインホ、インチョル、キリョンの反応と行動様式は、社会的意味においてだけでなく、作品の主題に繋がる重要な点になると思う。

以上のように、私は、被差別部落民・〈白丁〉に対する蔑視・抑圧という社会的慣習に対して反応する登場人物達の生きる過程が、この二作品の重要な動機になり、結局この動機は二人の主人公の反応と生き方を決定する過程によってプロットを形成し、主題化に達するということを知った。よって、先に明らかにされたように、被差別部落民・〈白丁〉の社会的意味を土台にして、被差別部落民・〈白丁〉というモチーフが各々作品の中でどのような意味と機能を見せているかということを、主人公を中心にして見極めようと思う。

2　作品内的意味――疎外への拡大

自身が、被差別部落民・〈白丁〉出身であることを確認し、そして悩み登場人物の中でも特に主人公の意識と行動が小説作品の中で一人の個人の側面として眺められる時、被差別部落民と〈白丁〉の作品をもう少し忠実に理解することが出来ると考える。二人の作家が象徴している小説内部の状況が違うことがはっきりしている以上、すでに私は、この二つの作品のモチーフの同質性に対する関心から抜け出て、作品内の状況又はプロット構造によって展開される二人の主人公が持っている行動様式と意識の異質性に注目する。

（1）『破戒』の場合

蓮華寺では下宿を兼ねた。瀬川丑松が急に転宿を思いたつて、借りることにした部屋というのは、其蔵裏つゞきにある二階の角のところ。寺は信州下水内郡飯山町二十何カ寺の一つ、真宗に附属する古刹で、丁度其二階の窓に倚凭つて眺めると、銀杏の大木を経て、飯山の町の一部分も見える。（藤村2・3頁）

『破戒』の冒頭部分であり、もっとも印象的な文章であるこの一節に姿をみせる丑松を主人公にして、軽快な調子のこの一節とは対照的にこの物語は北国の冬の重苦しい空を思わせるような重厚な悲劇を繰り広げてゆくのである。丑松は、小学校の優れた教員として生徒の信頼を集め、向学の意欲に燃える青年であるが、彼には誰にも明かすことの出来ない心の秘密がある。それは、被差別部落民の出身だということだ。今日と違って、この小説の舞台になっている明治の社会において、被差別部落民であるということは、その人間が人間として当然持っているはずの一切の権利を社会から奪われてしまうことを意味する。

被差別部落民出身のある金持ちが、ただ被差別部落民であるというだけで病院からも丑松のいた下宿からも追出され、人目を避けて夜陰に紛れて立去るという事件が起きた。その様を目の当たりに見て丑松は思うのである。

哀憐、恐怖、千々の思は烈しく丑松の胸中を往来した。病院から追はれ、下宿から追はれ、其残酷な待遇と恥辱とをうけて、黙つて舁がれてゆくあの大尽の運命を考へると、嘸籠の中の人は悲慨の血涙に噎んだであらう。大日向の運命は軈てすべての穢多の運命である。思へば他事では無い。長野の師範校時代から、この飯山に奉職の身となつたまで、よくまあ自分は平気の平左で、普通の人と同じやうな量見で、危いとも恐ろしいとも思はずに通り越して来たものだ。（藤村2・9頁）

そして、丑松は、「危いとも恐ろしいとも思はずに通り越して来た」自分に気付いた時、急に宿がえを思いたったのである。被差別部落民という丑松の身分が明るみに出れば、当然、丑松は現在の地位も職も失わねばならない。社会的な死を意味するのである。

噫。いつまでも斯うして生きたい。（藤村2・43頁）

自分だつて社会の一員《ひとり》だ。自分だつて他と同じやうに生きて居る権利があるのだ。（藤村2・51頁）

切々なる思いは、何時も丑松の胸を去来する。そして、「いつまでも斯うして生きたい」という切望と社会的に死なない為の唯一の方法として、父の戒めを実行するのである。その戒めとは、「隠せ」ということであった。しかし、その隠そうという行為が、丑松をして猜疑心の強い男にさせているのである。「こうしたら、人はどう思うだろう」とやたらに人の思惑ばかりを気にし、勘ぐっている。そして、それらの行為が、かえって周囲のものに丑松に秘密があるのではないかという疑問を起こさせるのである。丑松の同僚であり親友である土屋銀之助は、丑松の異常な様子について精神病患者ではないかとか、恋愛に苦しんでいるのかとか、色々友達のことを心配するのである。又、丑松のこのような行動は、結果的に、「被差別部落民である」ことを人に知らせてしまうようになるのである。次のような校長の言葉でもそれは分かる。

一体瀬川君は、近頃非常に考へ込んで居られるやうだが、何が原因で彼様憂鬱に成つたんでせう。以前は克く吾輩の家へやつて来て呉れたツけが、此節はもう薩張寄付かない。まあ吾儕と一緒に成つて談したり笑つたりするやうだと、御互いに事情も能く解るんだけれど、彼様して独りで考へてばかり居られるもんだから――ホラ、訳を知らないものから見ると、何かそこには後暗い事でも有るやうに、つい疑はなくても可い事まで疑ふやうに成るんだらうと思うのサ。（藤村2・233頁）

丑松は、被差別部落民であるがゆえに、生への根本的な希求と懐疑を抱くようになるのである。「奈何して是から将来生計が立つ」（藤村2・251頁）とか、「自分は是から将来、奈何しよう――何処へ行つて、何を為よう――一体自分は何の為に是世の中へ生れて来たんだらう。」（藤村2・250頁）というような精神の絶望の淵に立った時、いつも丑松の意識の中に存在する思いである。先輩猪子蓮太郎は、被差別部落民出身の思想家として、丑松が日頃傾倒している人物である。猪子蓮太郎の著書である「懺悔録」は、丑松の心の書であり、先輩の思想を秘密の裡に共有することが出来る悦びを感じる書なのである。実践活動に身を挺し、先駆者として後代の踏み台を任じて純粋かつ破滅的に邁進する先輩によって何時も恐れ慄いている自己とは相違する自己の確認へ、つまり彼自身の自己発見へと深化してゆくのである。そして、父の戒めを破り、先輩にだけは、自分の秘密を話そうと思う。丑松は、すべて猪子蓮太郎に対して起こるこのやるせなさは、自分もまた同じように被差別部落民であるという事実から沸き上がるのだと自覚する。「あゝ、あゝ、其を告白けて了つたなら、奈何《どんな》に是胸の重荷が軽くなるであらう」（藤村2・88頁）と思い、先輩にだけは打ち開けることを決心する。

しかし、結局先輩に内面の秘密を告白しなかった。いや、告白出来なかったのである。そして先輩の横死という偶然な外的出来事によって告白しようと決心するのである。今までの長い懊悩生活に終止符を打つのである。ここにきて初めて、プロットの展開がなされる。丑松は自ら進んで意志的な行動に出ることはない。ほとんどが、偶然と恣意によって行動を起こしている。だから、プロット展開において丑松の行動が展開の要因になっていることはない。鄭文吉は、『疎外論研究』の中で、次の様に述べている。

E・フロムにおける疎外の主体は、何かがこうならなければいけないものがこうならない（something is not as it should be）と表現する時の何かを意味するということができる。（中略）人間一般は、自然から、社会から、又は隣人とか他者から、そしてついには、自己自身とか自我、根本的本性（essential nature）からも疎外された。（中略）彼は、この世で、何かこのようにならなければいけないものが、このようにならない場合、これを疎外された状態と見ている。（中略）だから我々はすべての非生産的性格類型の中で、疎外現象を発見することが出来る。現代人が直面している不安、罪意識、不幸感等、自我感覚の喪失というような広範な症候群を表している。[3]（184―185頁）

これらはそのまま丑松の疎外の様相に当てはまる。丑松の疎外は、社会からの疎外であり自分自身からの疎外ではないからである。だから丑松は、自身が被差別部落民であることを隠そうとしている。そして周囲の人に自分の素性の知れることを恐れている。何故なら、それは前に述べたように「社会的死」を意味するからである。社会からの疎外についてもう少し詳しく考察してみよう。

明治政府は、一八七一年（明治四年）八月二十八日、身分解放令を出し、穢多非人等の称を廃止し身分職業共平民同様となることを宣言した。それ故に部落民は形式的には何ら差別されるところはなくなったのである。しかしいかに身分解放令が出されようと、実際に明治維新は封建制度とたたかい四民平等を実現する力をもった市民階級によって行なわれなかったのであるから、フランス大革命のような民主主義革命によって確立されたと同じ人権が獲得される筈はなかった。公法上では封建的身分関係は取去られ、四民平等になったとはいえ、上には天皇があり皇族さらに華族、士族平民という身分がつくられ、部落民は新平民としてやはり差別されたのである。[4]

封建制度のもとで差別された被差別部落民は、先の説明のように新しい時代になってもそのまま疎外された状態は続いているのである。従って、丑松の時代にも社会的慣習として差別は温存されており、丑松は疎外される。だから、丑松の父は丑松が親元を離れてゆく時、一族の祖先のことを話しながら、「一生の戒め」をも教えた。一族の祖先とは、

東海道の沿岸に住む多くの穢多の種族のやうに、朝鮮人、支那人、露西亜人、または名も知らない島々から漂着したり帰化したりした異邦人の末とは違ひ、その血統は古の武士の落人から伝つたもの、貧苦こそすれ、罪悪の為に穢れたやうな家族ではないと言ひ聞かせた。父はまた添付して、世に出て身を立てる穢多の子の秘訣――唯一つの希望、唯一つの方法、それは身の素性を隠すより他に無い。（中略）「隠せ」――戒はこの一語《ひとこと》で尽きた。（藤村2・9―10頁）

丑松は、父の戒めを何時も思い出しながら、素性を隠すことに全身全霊を注ぐのである。「隠せ」という一言は、丑松の胸に切実に応えるのである。そしてこの一言による丑松の内心の葛藤が、作家の意図でもある。作家は、プロットが進展すればするほど丑松の不安、恐怖は助長されるように描いている。このことが、作品全体を重苦しくしている。

丑松は、「唯二つしか是から将来《さき》に執るべき道は無いといふ思想に落ちていつた。唯二つ――放逐か死か。到底丑松は放逐されて生きて居る気は無かつた。其よりは寧ろ後者の方を選んだのである。」（藤村2・252頁）このようにして、丑松の疎外意識は頂点に達する。このような丑松の不安、迷いが作品の三分の二程度を占めている。これは、先に述べたように作家の意図であり、作品の主題に繋がる要素を持っているとすれば、当然の結果であろうと思う、もう一度繰り返し言うなら丑松の不安、恐

怖、そして告白かの葛藤は、社会からの、つまり社会的慣習による被差別部落民に対する差別からのであり、社会階級的な社会と個人という対立的性格のものである。

(2)『日月』の場合

若き設計士インチョルは、自身が〈白丁〉出身であることを自覚する前までは、平凡な青年として、タヘとナミという一方は母性的で、もう一方は溌剌とした二人の女性の間で、積極的に一人を選ぶという訳でもなく優柔不断な面のある知識人であった。しかし、ある日、インチョルは、自分の家系が、〈白丁〉家系であることを知る。その瞬間、インチョルは、一つの悩みの世界が近付くのを感じるのである。何時も冷静であった兄インホが、〈白丁〉であることを知って悩み興奮し、自制心をなくすのであるが、その時でもインチョルは冷静であった。そして、こういう冷静な自身に対して疑問を抱くのである。

インチョルは、暗い陰が全身を包むような感じを感じはじめた。しかしながらも、いつも冷静な姿勢を忘れなかった兄インホが、そのように興奮しているのに比べて、自分が興奮しないのは何故なのかと自身をふりかえってみるのであった。兄が言うように、インチョル自身がまだ完全な大人(社会の一員としての)になっていないその為なのだろうか。(5) (『日月』・164頁)

自分の家系が、〈白丁〉であることを父から直接確認したその瞬間でも、インチョルは、その事実を切実に感じることは出来ない。インホが言うように、「自分はまだ完全な大人ではないからなのか」と考える。しかし、おばを自殺に追いやった〈白丁〉という事実は、次第にインチョル自身の意識の中で大きくなり、益々インチョルは苦痛を感じるようになる。この苦痛は夢の中までも浸透してくる。

そうしながらみると、自分が踏む階段ごとにプラタナスの葉がしかれていた。（中略）彼は、もっと注意してそれらの葉を踏みながら降りていった。いままで通り足音は大きく階段の上と下でこだました。彼は、自身の足もとを注意して見おろした。はだしの足にコムシン（著者注・ゴムで作られたくつ）をはいたから、足音がするはずがないのに、そうしているうちに彼はみたのだ。自分が踏んでいるきれいな青い葉につけられている大きな牛の足あとを。（『日月』・176―177頁）

〈白丁〉と不可分の関係にある牛の「足あと」を、「自分が踏んでいるきれいな青い葉」に発見する夢の描写は、インチョルが〈白丁〉出身という強迫観念が、インチョルの意識と無意識の世界を支配していることを如実に表している。そして、「青い葉」は、インチョルが〈白丁〉出身であると認識する以前の平凡で平穏な生活を意味していると思う。そんなにも「すきとおるような青い」という表現で象徴されるインチョルの過去の生活に、「大きな牛の足あと」という〈白丁〉出身の烙印が押されることによってインチョルは、彼の過去と現在のすべての生自体が崩れるというアイデンティティの危機に直面する。このようなアイデンティティの危機は、対他人意識の側面においても過去とは大いに違う様相を呈するようになる。即ち、インチョルは彼の近くにいる人々からよそよそしくされるような疎外の意識と、自己萎縮の危機感に苦しめられるのである。インチョルは又、自分が限りなく萎縮してしまうような夢もよく見た。つまり夢の中でインチョルは、パク・ヘヨン、ナミ、ナム・ジュンコル、兄、母、タへ、池教授、ジョン・ギョンフン等の間に交わって立っていた。彼等は、インチョルを見て知らない振りをした。インチョルは、一番後ろへ行って立つしかなかった。その時、タへが無言のままで腕を出して彼を引っ張っては、自分の後ろに立たせるのであった。そうしたら、タへの後ろ姿が瞬間的に大きくなって目の前を塞いで、それにつれてインチョルの姿は段々小さくなって行くというような夢である。

疎外とは、人間が自己自身を異質な存在として経験する一つの類型を意味すると言われている。我々は、これを人間が自己自身から疎遠になったと言うことができる。疎外された人間は、他人から離れているし、又同じく自分自身からも離れていると言えるのである。インチョルは、自身が〈白丁〉出身であるという驚くべき事実を確認することによって、甚だしい自己分裂に陥りながら彼のアイデンティティは危機に陥るのである。〈白丁〉出身の自覚から始まるこのアイデンティティの危機は、酷い自己分裂を生じさせるのであるが、この様相は作家によって計算されたように感じる位、緻密に描写されている。このような作家の作為性は、インチョルのアイデンティティの危機意識を作品の主題に関連付けようとする意図を持っていると考える。作家は、インチョルが自己分裂の苦痛から逃れたいという気持ちを持つと同時に、このようなアイデンティティの危機を克服しようとする二元的ジレンマの中で懊悩するように描いている。

又、夢の中で、彼は暗い洞窟の中みたいなところを歩いて入った。……この暗闇の中にこのまま溶けてしまったらなあ！　彼は、休まずに洞窟の奥深く歩いて入って行った。ひとしお、心がおちついた。これでいいのだ。（『日月』・177頁）

しかし、自己疎外の状態から脱皮しようとする逃避の欲望は又一つの自我の防害を受ける。この自我は、インチョルが却って現実を直視して、〈白丁〉出身であることを自分の力で堪え、そして克服しようとするものである。夢の中で逃避したいと思って、インチョルを「インチョルや！　インチョルや！」と後ろから呼んでいる人は、又一人のインチョルであると思う。このもう一つの自我は酷かった自己分裂の中から本当の自身のアイデンティティを確認しようとする自我だ。この自我は、〈白丁〉出身であるという自身の明白な現実をそのまま認めながら、この現実を克服しようとする積極性を持っている。そして、この現実から逃避しようとする自我と鋭く対立している。

ついにインチョルは、洞窟をぬけ出しまぶしい太陽の光の中に立った。彼は叫んだ。さあ、でてきた、お前はどこにいる。声の主が答えた。すぐお前の横にいる。インチョルは、周囲を見回したが誰もいなかった。どこだ、どこ。すぐお前の横にいる、まだお前の目は恐れにふるえているから、見ることがお前はできないのだ、そのような目をしないで、はっきりと見ろ。インチョルは、目を大きく開こうとして目がさめた。（『日月』・177頁）

「まだお前の目は、恐れにふるえている」という。このような言葉は、インチョルが〈白丁〉出身であることを他人に知られることを恐れていることを意味している。同時に一方では、インチョルがこのような事実を自分の問題として真正面から受け止めることを恐れているという意味も内包されている。そしてこのような面を、もう一つのインチョルの自我が責めているのである。社会的慣習としての〈白丁〉コンプレックスが疎外の一つの要因として、インチョルの内部を衝撃している。そして、又、この疎外の危機の中でインチョルは、逃避しようとする自我と、それを正面から受け止めながら克服しようとする自我の分裂を体験しながら、疎外の克服か、逃避かという選択的様相を見せている。そしてこれは、緩慢なプロット展開に緊張感を与えている。又、この危機意識は、インチョルだけに止まらず周辺人物との関係にも衝撃を与え、又、主題へと拡散される機能を果たすのである。

三　疎外の小説的展開

1　主人公の存在様相

（1）『破戒』の場合

楽しい空想の時代は父の戒も忘れ勝ちに過ぎた、急に丑松は少年から大人に近いたのである。

急に自分のことが解つて来たのである。（藤村2・10頁）

丑松が、素性の秘匿を強く意識し始めた時期以来、「恐るべき外部の「社会《よのなか》の威力《ちから》」を計量しつつ境界線を補強し、それに対応し相拮抗するかたちで内面世界の平穏無事を護り続け育て上げてきた、精神の二律背反の構造への、衝撃的な経験であった。(6)」丑松は二つの考えに捉えられてその何れを選ぶかに思い悩んだのである。その一は、猪子蓮太郎のように雄々しく立ち上がって、この社会の不合理をついて戦い尽くすか、それとも、その二は、自分自身を偽って自分を殺す社会に受け入れられて生きてゆくかの二つである。この悩みに取り付かれ、苦しみに陥る時、丑松の耳に何時も聞えてくるのはあの父の戒めである。「たとへいかなる目を見ようと、いかなる人に邂逅はうと決して其とは自白《うちあ》けるな、一旦の憤怒悲哀に是戒めを忘れたら、其時こそ社会から捨てられたものと思へ。」（藤村2・9―10頁）丑松の父が何百年の間、虐げられてきた祖先からの体験から割り出してきた「戒め」である。そして、丑松は、今、この言葉の重さを社会の重さとして受け取らなければならないのである。丑松にとっての究極的な願いは、「噫。いつまでも斯うして生きたい。」（藤村2・43頁）ということである。丑松は、猪子蓮太郎と同様に世間から追放される。そのことそのものをばねとして逆にその強大な力に刃向かうことも出来たはずであるが、しかし丑松が選ぶのは抵抗ではなく、逃亡の道であったし、社会的孤立であった。先輩の猪子蓮太郎は、自分を現すことによって「新しい生涯」（藤村2・11頁）に入ったという。しかし、彼は、「精神の自由」を得た代わりに「社会」から捨てられた。

丑松は、猪子蓮太郎の正しさを知っている。しかし、それと同時に、世間が彼らの身分を許さないということも知っている。従って丑松の前には、現在の矛盾の中にうずくまって静かにしているのか、それとも極度に精神を混乱させられて狂気または死を選ぶのか、この二つの道しかないのである。自己の行動に対して決定が出来ないまま迷っている丑松のところへ父の訃報が届く。忘れることの出来ないような帰郷の旅に出る。この旅において、わずかに社会からの解放感を味わう。飯山を離れて行けば行くほど、次第に丑松は自由な天地へ出て来たような心地がするのである。北国街道の灰色な土を踏んで、華やかな日の光を浴びながら時には丘に上り、時には桑畑の間を歩み、時にはまた街道の西側に並ぶ町々を通り過ぎて、汗も流れ、口もかわき、足袋も脚絆も埃にまみれて白くなったころ丑松は却って少し蘇生の思いに返ったのである。

しかし、根津の家並みが近付くにつれてそれは消滅する。一時の解放感を味わうのも束の間、自分の過去、そして現実へ引き戻されるのである。そこには、被差別部落民としての丑松のすべてがあるからである。丑松は改めて、自分は社会との関係から離れることは出来ても精神的には自由になることは出来ないと感ずる。階層的抑圧意識は、父が繰り返し言い残した戒めと共に故郷に来てまでも、丑松の上に重くのしかかってくる。このような窒息状態からなんとか抜け出たい、精神の自由を得たいと思って猪子蓮太郎に告白することを決意する。出自を告白することによって丑松は、精神の自由を得ることが出来るのである。と同時に、社会からは追放されるのであるが。告白すると決意した段階においても、丑松の二律背反の精神は顔を出す。即ち、秘密を打ち明けることによって猪子蓮太郎に対する後ろめたさは無くなり、猪子蓮太郎一人に打ち明けるのであるから「社会」の中での自分の位置は保持されると思うのである。このことは、疎外の克服には何ら助けにならない。何故なら、「社会」からもたらされる丑松の苦痛は、出自を明らかにして社会と戦うことによって解消されるからである。しかし、丑松は「いつまでも斯うして生きたい」（藤村2・43頁）と思うのである。これは、状況に対して自我が自己内部の苦痛を克服しようとする代わりに、微弱になっている側面をみせている。社会というものの実体はない。又、社会の実質的な責任者もいない。にもかかわらず、常識とか習慣などの名で確かに存在する。被差別部落民を「異分子」（藤村2・266頁）という校長の言葉のように。このような社会において丑松は完全なる「異分子」である。それ故に疎外されるのである。丑松を非難する根拠は、法的にも道徳的にも全くない。

『実に瀬川先生にはお気の毒ですが、是も拠《よんどころ》ない。』と白髯の議員は嘆息した。『御承知の通りな土地柄で、兎角左様いふことを嫌ひまして――彼先生は実はこれ〳〵だと生徒の父兄に知れ渡つて御覧なさい、必定、子供は学校へ出さないなんて言出します。そりやあもう、眼に見えて居ます。現に、町会議員の中にも、恐しく苦情を持出した人がある。一体学務委員が気が利かないなんて、私共に喰つて懸るといふ仕末ですから。』（藤村2・270頁）

このように、町会議員たちは他人事のように言う。しかし、丑松を追放しようとすることに対しては暗黙の了解が成立するところに社会の得体の知れない恐ろしさがある。どれほど丑松が優秀であろうと、どれほど考えが正しかろうと絶対に「社会」には勝てないのである。このような丑松像を作家は形成した。これは当時の文芸的思潮が浪漫主義的残滓と自然主義的萌芽との過渡的な様相を表していたなかで作家島崎藤村は一種の使命感を抱いてリアリズム文芸を確立しようという意欲の現れにほかならないと筆者は思うのである。

(2)『日月』の場合

インチョルが、兄インホと一緒に父から〈白丁〉出身であったという驚くべき事実を聞いている沈鬱な雰囲気を壊して掛かってくるナミの電話は、『日月』に登場するすべての人物たちの現状況と内部葛藤を暗示している。「先程インチョル氏が、私が孤独にみえるとおっしゃったでしょう。どういたしまして。いつも私が私といっしょにいる以上孤独であるはずがないでしょう。」(『日月』・165頁)という電話の内容のように、インチョル自身が疎外の危機に陥ろうとするその瞬間に掛かってきた電話でのナミの孤独は、そのまま、インチョルの孤独でもある。そして、この孤独は、『日月』に登場するすべての人物達のものでもある。インチョルのいとこ、キリョンの次のような言葉は、この作品の中に内包されている孤独、又は孤独であるという言葉の意味が単純な私的なことではなくてもっと究極的なことを暗示しているのである。

人は、誰もが孤独なものだ。だから、歴史が生じ、人を殺し、又人は死ぬということではないのか。本来人間がそして、天と地が血を要求しているとみる。何かの孤独からぬけでようとして。その血というは、かならずしも赤い色の有形のものだけを言うのではない。目に見えない、胸の中に流れる血を意味することもある（『日月』・288頁）

作品の主題と関連付けてみる時、主人公インチョルと同じ位の比重をしめているキリョンの前述のような言葉は、作品の中では重大な意味をもっている。それは、孤独を単純な感傷の次元で捉えるのでなく、「見えない、胸の中に流れる血」という表現で象徴される存在論的次元で表現されている。「人は、誰もが孤独なものだ。だから、歴史が生じ、」というように歴史性までも言及しているキリョンは、インチョルとは違う自身の力で〈白丁〉コンプレックスを克服した堅固な自己の世界を見せている。

キリョンのこのような一種の孤立的存在認識は単純な現存的生の中で、逃避的意味を持っているだけではない。彼の孤独は、自身の苦痛の中から生まれた人生観の所産であり、同時に、人間特に現代人の特性である疎外を克服しようとする武器にもなるのである。

なんだかんだいっても、人間が疎外された自分自身を再びとりもどそうとするには、各自に与えられた孤独にまず耐えてゆくことから始めねばならない。しかし、多くの人々は、イエスの血によってこのことを忘れようとする。そして彼等は、皆ほとんどが、既に自分の孤独が解消されたと錯覚している。（『日月』・289頁）

このようなキリョンの孤独を筆者は、単純な次元のものでなく人間誰しも持っているという普遍的なものに解釈する。そして、キリョンがその疎外を克服する一つの前段階として、自身の孤独を把握していることにも気付くのである。そして又、キリョンの孤独の性格を分析してみる時、この作品の主題が〈白丁〉出身の青年が〈白丁〉階層の為に自身の階層を軽蔑し、他の階層との葛藤に悩んでいるということがはっきりと判るのである。インチョルやキリョンが〈白丁〉出身であることを自身の生と関係付けているけれど、この関連は普遍的な人間存在方式の脈絡の中でその意義を持っている。疎外される人間が自身を克服する第一段階として真摯な自己発見、又は自己認識をせねばならないという認識による自覚である。真摯な自己発見とはキリョンのように自身の苦痛を自分のものとして悩み、感じ、その過程で確立されるものなのである。このようなキリョンの存在は、インチョルにとって大きな意義をもっている。それは、単なる親戚であるということではなくて、インチョルが〈白丁〉出身という自覚によって生じた自己分裂の中で本当の意味での自己発見を確立する為に悶えている時、救いの光となるからである。作品の中でインチョルは、〈白丁〉という外部的衝撃によって自身の内部が破壊されるという自己分裂の状態から逃れようとしている存在様相を表している。インチョルは、自己分裂の段階で喘いでいる危機、又は、不安の存在様相だけを表している。そして、キリョンと会うことによって自分自身の存在様式を確立しようとする過程が、『日月』の一番核心的なプロットである。インチョルは、キリョンと何度も会うたびにキリョンの確固とした世界に惹かれる。そして、結局は、インチョル自身の自己分裂的世界が崩れてしまうという自己無化のような苦痛を体験する。インチョルが、その間、自身の孤独を慰める為によく行った酒屋――人間劇の登場人物全体が集まる象徴的な空間――はキリョンによって「概念の遊戯」という烙印を押される。パク・ヘヨンというアマチュア劇作家がキリョンの特異な個性に対して好奇心と好感をもって接近するのであるが、キリョンは、これに対して拒否反応を示す。これは、インチョルに対する拒否反応でもある。

　それは理解できない行為だなあ。その兵士は浜辺の砂に埋められた人々が海水に沈められる前に、土手に立っている人々の方を銃殺して埋められた人々を生かすか。そうでないなら、埋められている人々だけをそのまま死なすか。けれどもその兵士は、何故、皆殺ししてしまったの？　言いかえればあなたは、どちらの味方でもない……（『日月』・292頁）

右のようなパク・ヘヨンの疑問にキリョンの答えは簡単である。その兵士は孤独であっただけなのである。そしてキリョンは、あなたにはそれを説明する必要がないとでも言うように、椅子から体を起こしたのである。孤独を理解することの出来ない人々に対するキリョンの態度は頑なである。勿論、インチョルもそれらの部類の人々に属するのだ。そして、キリョンが、さっとこちらを振り返った。と同時に力一杯パク・ヘヨンの胸を押した。この行為は、孤独を自分のものとして正面から受け止められなくて、酒とか観念遊戯とかいう他の外部的な力によって解決しようとする者に対するキリョンの拒否を如実に表している。インチョルは、自分とパク・ヘヨンがいう人間劇の全てが押し倒されたような気分であった。そして、ふらふらと床に倒れたパク・ヘヨンを見ないふりをしてそのまま出て行ってしまうインチョルの行為は、自分の孤独を自分が解決しなければいけない、というキリョンの存在様相を、正確に把握したという象徴的な意味を表していると言えるのである。

2　周辺人物の存在様相

(1)『破戒』の場合

『破戒』に登場する周辺人物達は、皆性格が一律的に決定されている。そして彼らは全ての場合、丑松とのみ関係を結び、外から圧力を加え、あるいは内面から彼を揺さぶりながら、彼を破戒へと追い込んでゆく。猪子蓮太郎は論理的な正しさによって、風間敬之進は悔恨と自嘲の生涯を身をもって示すことによって、そして高柳利三郎は丑松の秘密を暴くことによって。

登場する人間像は、大きく分けて肯定的人間像、否定的人間像、中立的人間像に分けられる。このように区分する根拠は、次のようである。自然主義が持っている決定論は、特に主人公を圧迫している外的要因を前提としている自然主義者達は、人間を環境の中に合わせるのだから、自然主義者の作品には、環境が大きな比重を占めるもので本当の意味での主人公がいないことが多い。この外的要因に道徳的特性が付加されて主人公を中心にした人間像が作られるのである。例を挙げれば、主人公に対して加害者の立場にあるものを否定的人間像とする。又『破戒』の登場人物は、全体的に書きたりない印象を受けるが、自然主義での人間観では、環境の中で人間はアウトサイダーになりやすいので、作品の中では環境描写に比重をおく場合が多い。だから本当の意味での主人公がいない場合が多いと言えるのではないだろうか。作者島崎藤村は、登場人物の個性を意図的に希薄に描いていると見ることが出来る。

a　肯定的人間像

a―1　猪子蓮太郎

島崎藤村が描いた近代的人間像の一人であり、中でも激しい人間像であった。長野の師範学校で心理学の講師をしていたが、彼が被差別部落出身であることが分かると学校を辞めさせられた。「放逐、放逐」の声は、一部の教師仲間の嫉妬から起こった。学校を追われた猪子蓮太郎は、学問の為の学問を捨てたのである。彼は、『懺悔録』という著書を表して公然と自分の素性を明言し、講演や著書によって部落解放のために積極的に活動をした実行家であった。彼は自叙伝『懺悔録』を書いたが、丑松はその愛読者であり、猪子蓮太郎を崇拝していた。実践活動にも身を挺し、先駆者としての後代の「踏み台」を任じて純粋かつ破滅的に邁進するところに猪子蓮太郎の存在意義はあるのである。

a―2　市村弁護士

『破戒』が書かれた当時としては、非常にリベラルな思想を持った人物である。被差別部落民も平民も同じ人間であるという思想のもとに、猪子蓮太郎を助け、又自身も猪子蓮太郎の力を頼りにする。まだ残存している封建的抑圧と天皇制度の下で、本当の意味での民主主義になっていない当時の近代国家においては希有な人物である。

そも〳〵は佐渡の生れ、斯の山国に落ち着いたは今から十年程前にあたる。善にも強ければ悪にも強いと言つたやうな猛烈な気象から、種々な人の世の艱難、長い政治上の経験、権勢の争奪、党派の栄枯の夢、または国事犯としての牢獄の痛苦、其他多くの訴訟人と罪人との弁護、およそありとあらゆる社会の酸いと甘いとを嘗め尽して、今は弱いもの貧しいもの、味方になるやうな、涙脆い人と成つたのである。（藤村２・86頁）

a―3　志保

小学校の老教師風間敬之進の娘で、丑松が下宿している蓮華寺の養女である。丑松とは相思相愛の仲である。志保は先妻の娘であり、複雑な事情の中で育ち、若い時から人の世の苦しみを知り、その苦しみと戦って一人前の女性になる彼女は、一度愛した者の為に心を変えることなく、女の操を守り通した主体性を持った近世的女性である。つまり、好色漢であった養父の誘惑を退け、また丑松の同僚であった勝野文平の策謀的な求愛も退けて、ものの是非を明白にしている。志保は優しい心情を持っている中に一面毅然として、人の道を守る堅い心情を持っていた。この作品の中で志保は、真に理想的な女性像として描かれている。丑松が自分の素性を自ら告白した時も、志保は、心を動かすことも狼狽することもなく、丑松の心を信じ人格を尊敬しているのである。

「して見ると、貴方も瀬川君を気の毒だと思つて下さるんですかなあ。」

「でも、左様ぢやございませんか――新平民だつて何だつて毅然した方の方が、彼様な口先ばかりの方よりは余程好いぢや御座いませんか。」（藤村2・282頁）

この会話は、志保と土屋銀之助との会話である。志保の堅い意志を知ることが出来る。そして丑松から求められれば結婚することを明らかにしている。どんな誘惑も退けて自分の真実を大切に守り続けているところに彼女の人間性が見られ、作者は明治女性の理想像として、丑松との対比の中でこの志保という女性像を描いているのである。

a―4　丑松の父

丑松の父は、作品の中では、姓名もないし年齢もはっきりしない。しかし、作品の中で重要な役割を果たしている。丑松の父は、丑松を小学教員に仕立て、ひとえに子の健やかな成長に望みを託して、自分を死せるもののように葬り去ろうとしている人だ。「父は斯の烏帽子ケ嶽の麓に隠れたが、功名を夢見る心は一生火のやうに燃えた人であつた。（中略）世に立つて働くことが出来ないやうな身分なら、寧そ山奥へ高踏《ひっこ》め」（藤村2・97頁）というほどの激しい性質の持ち主であった。「自分で思ふやうに成らない、だから、せめて子孫は思ふやうにしてやりたい。自分が夢みることは、何卒子孫に行はせたい。」（藤村2・97頁）、これが丑松の父の精神であった。このような父が最後に残した言葉、それは、「忘れるな」（藤村2・97頁）の一言であった。「それは父の亡くなつたと一緒にいよいよ深い震動を丑松の心に与へた。」（藤村2・97頁）そして丑松の父自身も、自身の戒めを守る為に山奥の牧夫として身を隠し、そこで淋しく一生を終えたのである。

b　否定的人間像

b―1　高柳利三郎、校長、勝野文平、郡視学

高柳利三郎は、権力志向的な典型的な悪玉である。肯定的人間像に対しては敵対者である。自身の選挙資金の為に、六左衛門という金持ちの被差別部落民の娘と政略結婚する。そして丑松との共通な秘密の為取り引きするのであるが丑松に一蹴され、丑松を「社会的死」へと導く張本人である。又、猪子蓮太郎を死に至らしめた人物でもある。明治維新政府の様相からして、高柳利三郎のような人物は当時多かったに違いない。『破戒』では、否定的人間像つまり悪玉の典型ではあるが、当時の社会的風潮の側面から見る時肯定される人間像である。

丑松が勤めている学校の校長は、丑松よりあとに郡視学と一緒に転任してきた。彼はもっとも当時の社会を反映している人物である。この校長に言わせると、

教育は即ち規則であるのだ。郡視学の命令は上官の命令でもあるのだ。もと〱軍隊風に児童を薫陶したいと言ふのが斯人の主義で、日々の挙動も生活も凡て其から割出してあつた。時計のやうに正確に――これが座右の銘でもあり、生徒に説いて聞かせる教訓でもあり、また職員一同を指揮する時の精神でもある。世間を知らない青年教育者の口癖に言ふやうなことは、無用な人生の飾りとしか思はなかつた。是主義で押通して来たのが遂に成功して――まあすくなくとも校長の心地だけには成功して、功績表彰の文字を彫刻した名誉の金牌を授与されたのである。（藤村2・14―15頁）

そして、又、郡視学の甥の勝野文平が新任してきた。彼はしきりに校長に取り入り、校長も彼を引き立てて丑松等を斥けようとする。勝野文平は新しい艶のある洋服を着て、人を惹き付けるすばしこいところがあった。美しく撫で付けた髪の色の黒さ、頬の若々しさ、それにこの男の鋭い目つきは、絶えず物を詮索するようで、一時も休んではいられないかのようである。彼等は、社会の代表者として丑松を追い詰め丑松から明白な自白を得ようとする。校長も勝野文平も自分達の勢力拡張の為に丑松をなんとか学校から追い出そうとする。丑松の素性を積極的に言い広めたのも彼らである。次の丑松の言葉は明治の社会の矛盾を、そしてそれと戦おうとする者の悲しさを表しているのである。

……噫、開化した高尚な人は、予め金牌を胸に掛ける積りで、教育事業なぞに従事して居る。野蛮な、下等な人種の悲しさ、猪子先生なぞは其様成功を夢にも見られない。はじめからもう野

末の露と消える覚悟だ。死を決して人生の戦場に上つて居るのだ。（藤村2・239頁）

このような丑松の言葉がいかに正しかろうと、社会での勝利は彼らにあるのである。

c　中立的人間像

c—1　土屋銀之助

土屋銀之助は、長野の師範校にいる頃から丑松とはよく気性の合った友達で、丑松が佐久小県辺りの灰色の景色を説き出すと、土屋銀之助は諏訪湖の畔の生まれ故郷の物語を始める、丑松が好きな歴史の話をすれば、土屋銀之助は植物採集の興味をといったようなふうに、互いに語り合った寄宿舎の窓は二人の心を結びつけた。丑松にとって一番身近な人物ではあるが、結局知的な段階では丑松とは比較にならない。何ら思想を持たない平凡な善良な一市民である。実際、当時の世の中に適応して立身出世する人間は、勝野文平のように阿諛追従をこととする軽薄才子か、さもなくば土屋銀之助のように翳りを持たぬ好青年か、どちらかしかないのである。個性のない時流にのって右にも左にも変わる可能性のある人間像だ。丑松の告白を聞いて丑松に同情を寄せるのだから何か芝居がかっている。

c—2　風間敬之進

彼は没落貴族である。世の中が変わって彼のような下級武士であった人は、秩禄公債の額も少なく、職業転換も中々うまく出来ず、昔の生活が忘れられず現実生活に適応できない維新の犠牲者の一人である。「噫、我輩の生涯なぞは実に碌々たるものだ」（藤村2・57頁）という言葉で始まる述懐は、彼の内心の懊悩を如実に表している。そして、風間敬之進も社会に敗北した疎外された人間であることを如実に表しているのである。

（2）『日月』の場合

『日月』に登場する周辺人物の存在様相は、キリョンによって表出されている「孤独」という脈絡の中に包括されることが出来る。彼らは皆、前に言及したパク・ヘヨンの場合のように、キリョンによって押し倒される可能性のある否定的側面を持っている。即ち、孤独に耐えることが出来ないで外部的な力に頼る側面を持っている人物達だ。このような彼らの存在様相を、行動主義・神秘主義・物欲的・権力志向・母性愛等に区分する。ここでいう行動主義とは、科学的、帰納的、心理学としてのbehaviorismを意味するのでなく、現代人たちが意識の内部の中に持っている不安を、現実参与等の積極的行動の中で忘れようとする傾向を言う。また、ここで言う神秘主義とは、mysticismを意味し、これは、日常的な感覚世界を離れて自己の内面深く入って超自然的・超感覚的責任とか神を親密に把握して、それと一体化することを強調する宗教的形態を言う。(7) このような脈絡の中での神秘主義は、『日月』作品の中で自己の孤独を解決出来なくてある絶対的な権威に逃避するという意味を言うのである。

a　行動主義的存在様相

行動主義とは先に述べたように、現代人達が自身の孤独と虚無を克服する為に、何かに没頭しようとする傾向を意味する。『日月』の中では、この行動主義は圧世主義的色彩を帯びている。何故なら、そして『日月』の主題的指向は、すでに言及したように皆キリョンの孤独と関係を持っているからである。

a─1　ナミ、インジュ、ナム・ジュンコル

ナミの行動主義的存在様相は作品のあちこちに見られる。愛自体を演劇であるとしてしまう態度や、いつ何時でも衝動的で目的意識もなしに表れる行動はやはり行動主義的な要素を持っている。インジュのナム・ジュンコルに対する気持ちを記している日記帳は、行動主義的存在様相を暗示している。

　演劇について話される時は、大変意欲的であるのに。考えこんでいるようにパイプだけふかしながら、憂鬱である時が多いN。最近特に。今日、勇気を出してその理由を聞く。
　生きるということ自体が複雑で憂鬱なもの。インジュンはまだわからないよ。何故私がわからないの。私を余りにも子供扱いにする。腹が立って仕様がない。（『日月』・186頁）

勿論、インジュはナム・ジュンコルを理解することは出来ない。ナム・ジュンコルの懊悩についてはは詳細には書かれてはいないけれど、作品の中で現実の虚無を表す機能を果たしている。そのようなナ

ム・ジュンコルの虚無がインジュには、一種の魅力である。インジュにとって演劇は、一つの逃避である。彼女の日記帳にそれは書いてある。

演劇に素質があるのかどうなのか、私自身はわからない。ただ、演劇というのを考えるだけで胸が踊るのをどうしたらとめられるのかわからない。このように胸を踊らす演劇だけは大切にして生きてゆきたい。お母さん、可愛そうなお母さん、バカなお母さん。何の為に母はつまらない情にとらわれて一生をだいなしにしてしまったのか。男に依存しないで生きる道は？　演劇？

（『日月』・185頁）

b　神秘主義的存在様相

b―1　キリョンの父

キリョンの父ボンドル老人は、インチョルの父親とは違って〈白丁〉世界からの脱出を拒否して、儀式と神話に没頭する。既に世の中が変わって池教授（タへの父親）の学術的好奇心に過ぎないような儀式とタブーを自分の生命のように大切にしている。

その後、ボンドル老人は、すべての冷遇と蔑視も刀使いの世界を守ってゆく一つの道として喜びを感じ、このような自分を守ってくれる牛の角や牛のしっぽの毛を、この世の雑事を除いてくれる一種のまじないとして神聖視した。（『日月』・193頁）

このようなボンドル老人の存在様式は、〈白丁〉に対する蔑視と冷遇によって生じる自身の孤独を自分自身の内部の中で解消できないで、外部的な絶対権威に帰依しようとする神秘主義的なものである。

インチョルの母親は、夫の浮気と子供に対する無関心からキリスト教に没頭している。ここで重要なことは、インチョルの母親が没頭しているキリスト教は、作家によって意図的に正常でないものとして書かれていることである。盲目的で神秘主義的幻想に没入しているという側面を作者は浮き出させている。

筆者は、作家が『日月』の中で、作家自身の主題を意図するようにインチョルの母親の信仰を表すものであると考える。即ち、インチョルの母親のそのような神秘主義的幻想だけを追求する態度は、作品の中では自身の孤独を神秘的幻想の体験の中で解消しようとしている面を描こうとする作家自身の意図によって規定されていると見るべきである。

c　その他の存在様相

c―1　インチョルの父親

インチョルの父親は、富によって〈白丁〉コンプレックスを克服しようとする物欲的存在様式を表している。手段と方法を問わず財産の蓄積にだけ熱中した彼の生涯は、彼の会社が破産することによって、頼りにするものがなくなり自殺という方法によって生涯を閉じるのである。このようにみる時インチョル家族の悲劇は、〈白丁〉家系である為にではなくて、自身の孤独を外部的なある権威によって解消しようとする間違った存在様式に原因があるとみなされねばならない。

インチョルの兄インホの場合、余りにも権力に頼りすぎたが為に悲劇を招くのである。

タヘとインチョルとの関係は、タヘのインチョルに対する母性愛的な愛に根拠をおいている。しかし、タヘの母性愛的愛は、自身の孤独を解消するまでにはいかない。即ち、キリョンの論理によるとタヘは自身の孤独を自分自身で耐えようとする段階を経ないまま、彼女の孤独をインチョルに母性愛的に投影しようという限界をもっているものだ。

3　決定論、存在論の対比的様相(8)

『破戒』と『日月』に現れる人物達の存在様式は、はっきりと対比的様相を見せている。例外としては、猪子蓮太郎が唯一、一人で世界と（状況と）対立することのできる可能性をみせている。被差別部落民に対する当時の社会の前近代的差別に対抗して、このような社会的慣習を無くそうと積極的で対立的な意義を持っている一種の自由主義者（リベラルな）の面が濃厚で、一番能動的人物として解釈することが出来る。しかし、結局、高柳利三郎の謀略によって死に至り現実に敗北する。

このような彼の死は、『破戒』に登場する他のすべての人物たちの存在様相に、一つの象徴性を見せている。即ち、世界と対立することの出来る唯一人の人物である猪子蓮太郎が、世の中の圧力によって敗北することによって丑松をはじめとする他の人物達の存在様相は、世の中の自我に対する優位という事実から抜けでることの出来ない宿命を如実に表しているといえるのである。自我との熾烈な葛藤や、これを克服しようとする強烈な意志は見られない。却って彼等は、彼等の行動様式を状況によって規定されている様相をみせている。これはまさに、世界が自我よりも優位な位置にあることを証明している。即ち、自身の個性を状況の圧迫によって剝脱された受動的存在様式を表している。結局『破戒』は、主人公丑松の存在様式を中心にみる時、自然主義的な性格がはっきり現れているのである。丑松は、最後まで自身のアイデンティティを克服する次元にまで到達できなくて、結局、告白、テキサス行という行動を選ぶ。これは自身が属していた世界に敗北してしまうという、つまり自我が社会に敗北してしまう存在様式を鮮明に表している。なぜなら、まず第一に作家藤村はいつも社会の中での人間の姿をリアリスティックに描こうと努めていたからである。第二に、当時の時代的状況からいって、丑松は敗北せざるを得なかったのである。なぜなら島崎藤村は、社会小説家でも啓蒙小説家でもないからである。封建遺制としての部落差別が根強く温存され、さらに明治の社会機構の生みだした新しい差別がこれに重なって来ていた当時の状況で、丑松は絶対に社会に勝てないのである。島崎藤村が啓蒙小説家や社会小説家であったなら、『破戒』の告白部分を自己解放という「社会に対する個人の優位」という側面から書き、読者に教訓や力を与えたのであろうが、島崎藤村はあくまで根深い偏見と重い差別に彩られた時代の状況と、それに傷つけられて敗北してゆく丑松の姿と告白を頂点にしてつぶさに描いた。だからこそ『破戒』は、新しい異色あるリアリティを作り出し得たのである。テキサスへ行くことにしても、それは同じである。当時の社会において、テキサスというイメージは、新天地、新開発地という面が濃い。しかし、丑松が新天地へ行くからといって、それが丑松の発展に繋がるとは言えない。ただ被差別部落民として差別のない別世界へ逃避したに過ぎない。何故なら、被差別部落民としての丑松の問題は何一つ解決されていないからである。いつの日か丑松が東京か飯山かに戻って来た時、丑松の問題はそのまま、なんら解決されないまま残存している。本当に丑松が、自分が経験した社会からの疎外を解決しようと思うなら、まず丑松は素性を隠して立身出世を計るという卑屈な考えを捨てて人間としての自覚に立たねばならない。そして人間を蔑み差別するような不合理な社会を改革するために立ち上がって戦うことである。自分だけの幸福を追求してテキサスへ渡るのでなく、三百万人の圧迫されている仲間と共に解放の為に戦うことであると思う。そうすればこそ、猪子蓮太郎の横死も無駄にならないのではないだろうか。しかし、『破戒』は、近代性に目覚めた被差別部落出身の丑松が自己解放の為に父の戒めを破り、外的動機によって止むを得ずではあるが、告白を行なったことは、近代性豊かな小説といえるし、作家の意図もそこにあったと思えるのである。

反面、『日月』の場合、主人公をはじめとするすべての人物たちが、各自の個性をはっきりと見せている。各自それぞれの疎外現象の中でそれを克服しようとする熾烈な内部世界の葛藤を見せている。だから彼らは、状況即ち社会と対等な関係を持っている人々で、それぞれ社会と自我の対立的な関係の中で、自身の内部世界に忠実になろうとする強い意志をみせている。特にこのような側面は、主人公インチョルとキリョンとの邂逅と二人の間に起きる葛藤と和解、そして問題の提起だけで終わる第三の段階を証明して見る時、よりはっきり現れる。孤独を人間の宿命として把握しているキリョンの絶対的存在認識(9)をインチョルは初めて小さな異質なものとして、その後には、彼の破壊された内部世界を救済することの出来る唯一の新しいものとして受け止める。しかし、小説の終わりの方に暗示的に提示される相対的存在認識(10)は、人間の宿命的な側面である孤独を生み出している。

だから『日月』の場合、作家の主題的提示は、インチョルの自己分裂が〈白丁〉であるという自身の出身身分によって出発したにもかかわらず、何処までも現代人が持っている普遍的な存在様相に拡大深化されながら人間の存在を本質的に解明しようとする存在論的性格を強く表しているとみられる。『破戒』と『日月』は、人物達の存在様式という側面から照して見る時、前者は、自然主義的立場に立って状況が個人よりも優位になる、つまり決定論的性格(11)を強く表しているし、後者は、実存主義的立場に立った個人の存在論的性格を強く表しているという大変対照的な性格を持っていると私には思えるのである。

四　主題的指向点

1　自我と世の中との対立——世の中の優位

『破戒』の場合、主人公丑松の自我が外的状況、つまり被差別部落民に対する社会的抑圧によって完全に規定され、主体的側面を完全に喪失されてしまう様相を見せている。これは、社会に優位をおいて自我の敗北様相を見せる自然主義的小説の一般的特徴で『破戒』の主題的要素を規定することの出来るものである。かくて丑松の懊悩は、告白すべきか否かのいわゆる「自意識上の相剋」(12)——父親への恭順と先輩への敬慕の双極の間に揺れ——に根差すと見るよりも偏えに「社会《よのなか》の威力《ちから》」(藤村2・179頁)の強さがゆえに、自己本来の内面生活が消滅することへの恐れに基づくものであろう。だから丑松の生は確かに閉ざされており、彼が身分を隠して社会に交わろうとする限り、彼には自我の解放はありえない。丑松は、終始精神の苦闘に生きるのである。

丑松が胸の中に戦ふ懊悩を感ずれば感ずる程、余計に他界《そと》の自然は活々として、身に染みるやうに思はる丶。南の空には星一つ顕れた。その青々とした美しい姿は、一層夕暮の眺望を森厳《おごそか》にして見せる。丑松は眺め入り乍ら、自分の一生を考へて歩いた。

『しかし、其が奈何《どう》した。』と丑松は豆畠の間の細道へさしか丶つた時、自分で自分を激厲《はげ》ますやうに言つた。『自分だつて社会の一員《ひとり》だ。自分だつて他《ひと》と同じやうに生きて居る権利があるのだ。』（藤村2・51頁）

「自分だつて社会の一員だ」と星空に向かって叫びながら、現実の行動は消極的内面へ内面へと籠るのである。不当な社会の抑圧に対して戦い克服しようとする行動は現れない。「自分等ばかり其様《そんな》に軽蔑される道理がない、」（藤村2・11頁）と心の中では居直っていながらも、現実には、何のなす術もなく懊悩は増す。「新しい思想家でもあり戦士でもある猪子蓮太郎といふ人物が穢多の中から産れたといふ事実」（藤村2・11頁）とは対照的である。そして、丑松は真摯で隠し立てのない言動の為に至った猪子蓮太郎の死によって打ち勝つことの出来ない社会の力の恐ろしさと相対的な人間関係の苛酷な様相を知らされたのである。つまり、丑松が高柳利三郎の秘密を窺い知ったことは現実社会の相対的関係から見れば、丑松の秘密も又高柳利三郎によって曝かれるということに外ならない。高柳利三郎は旅から帰った次の日朝早く丑松の下宿へ訪ねてくる。旅先では言葉も掛けずなるべく丑松を避けるようにしていた人である。その人がわざわざやってくるとは――「丑松は客を自分の部屋へ通さない前から、疑心と恐怖とで慄へたのである。」（藤村2・158頁）。高柳利三郎は一つの提案を差し出した。それというのは、自分の妻の秘密を守ってくれたら自分も丑松の秘密を守るということである。丑松は、高柳利三郎の提言に対して最後まで「だつて、私は何も知らないんですから。」（藤村2・167

頁）という。丑松はこのような目にみえない拒絶を通して、実は自己の秘密を公言し社会に確認させる結果を招いたのである。何故なら、高柳利三郎は丑松の秘密を先に他人に暴露してしまったからである。その為に、丑松を排斥しようとする暗黙の了解は、学校の中にも広がるのである。そして、この小説のクライマックスである丑松の告白は最終的に社会に対する敗北宣言である。そしてそれは、社会から追放されることであり、社会的死を意味する。

「皆さんも御存じでせう。」と、丑松は嚙んで含めるように先ずは被差別部落民という階層、習慣、生活について少し説明をし、そして、「実は、私は其卑賤《いや》しい穢多の一人です。」（藤村２・273頁）と自身の素性を明かすのである。そして、「正月になれば自分等と同じやうに屠蘇を祝ひ、天長節が来れば同じやうに君が代を歌つて、蔭ながら自分等の幸福を、出世を祈ると言つたツけ―斯う思出して頂きたいのです」（藤村２・274頁）と名残惜しそうに別離をつげる。「仮令私は卑賤《いや》しい生れでも、すくなくも皆さんが立派な思想を御持ちなさるやうに、毎日其を心掛けて教へて上げた積りです。せめて其の骨折りに免じて、今日迄のことは何卒許して下さい。」（藤村２・274頁）と詫びるのである。丑松の告白には詫びと別離を含んでいながらも、尚且つ何時までも今のままこうして生きたいという心情がうかがえるし、ここでも丑松の二律背反の精神構造がうかがえる。又、丑松が告白の結果、心理的に救済されたとしてもそれは単に緊張からの一時的な解放であり、社会で生きる希望は消滅されたのである。作者藤村は、フランスの自然主義の影響を多大に受けている。そして当時、日本の近代小説が自伝的なものが多かった中で島崎藤村は、リアリズム的小説を書こうと試みたのである。その時、モチーフとして選んだ被差別部落民という特殊性は、絶好の対象であった。被差別部落民として生まれたというだけで、社会的な絶対的制約の中に置かれる、これは自然主義的リアリズム小説の根本である。考える人という普遍的人間を理想型として、まず人間としての生を凝視しようとする人間像を堅めさせるのである。被差別部落出身の知的な一青年を主人公に設定し、その人間典型を中心にして従来小説等には看過されていた生活問題にまで掘り下げることによって、第一には特殊な人間群に対する社会的偏見を一個の新しい悲劇にまで浮かび上がらせると同時に、第二には西欧近代文学の主潮と思われた新しき個人の知性と感性の相剋、その自意識の葛藤をそこに絡み合わせること、この二つの契機を統合したところに『破戒』は生まれたのである。まさに『破戒』は、社会対個人の矛盾相剋を一つの典型的な状況に捉えて、新しい個人の苦痛の側面から描いた作品である。

2　アイデンティティの危機と相剋の意志

『日月』において作家が指向しようとした主題は、結局、インチョルが〈白丁〉出身であるという自覚によって疎外の危機に陥り、その為に生じた自己分裂の中で、それを克服しようとする意志ともう一歩進んで存在論的立場で、キリョンの孤独をどのように受け入れ克服しようとするのかという点にあると思える。そして、この二種の克服の提示は、作品の終わりの部分、つまりナミの新築された家でのクリスマスパーティー場からインチョルが抜け出て来ながら、独り言のように描写されている意識の展開の中にみられる。

このまま僕は、観客の立場で夕へとナミに対さなければいけないのか？　僕は僕。お前はお前という人間関係なんてあるはずないのではないか。人間が疎外されている自分自身を再び取りもどそうとするなら、まず、各自に与えられた孤独に耐えることから始めなければいけない。……キリョンの言葉であった。……それもそうだ。（『日月』・311頁）

インチョルがキリョンとの邂逅を通して自覚したことは、自身の疎外を克服するには、自分の孤独を自分のものとし、受け入れなければならないという点であった。インチョルは、今まではキリョンの存在様相に一時的に頼ってキリョンの存在様相の中に自己を反映していた。

疎外の主体である自分自身の「孤独」――この言葉は、『日月』作品の中では疎外と等価的意味を持っていることは前で述べた―を主体性をもって克服せねばならないというキリョンの論理は、その他の登場人物達の存在様相を皆包括することなのである。しかし、キリョンの論理の中には、自我を強くしようという力を持っているが、ほかの人の自我との関係においては堅く閉鎖されてしまうという欠点を持っている。キリョンの存在様相は、一種の人間疎外の克服の為には必須の段階ではあるが、それ自体が疎外の解決にはなれない。キリョンのそれは、絶対的存在認識によっているもので対他人関係に対しては、却って排他的である。だから、疎外を克服する為の努力が、又ほかの疎外現象を生じるという矛盾を内包しているのである。インチョルが夕へとナミの間で彷徨している理由は、結局、絶対的存在意識に止まっていたが為であると筆者は思う。インチョルがこのような存在様式に止まっている場合、何処までも「私は私」「君は君」という人間関係、つまり相互が独立している人間関係の中に止まっているのははっきりしている。だから、インチョルは、一時精神的師であったキリョンの論理から抜けでようと思い、そして、孤独というのは人間と人間が隔離されている状態だけから来るのでなくて、お互いにぶつかりあえるところまでぶつかってみて、次に処理されなければならない問題ではないのかと考えるのである。そして、もう一度キリョンと会って話そうと切実に思い、頭からとんがり帽子を脱いで庭に立っている木の枝に掛けて、インチョルは、キリョンに会いに行くのである。この部分は、『日月』の一番最後で、『日月』を終えるにあたっての作家的手法に属する部分である。インチョルがパーティーから抜け出てとんがり帽子を木に掛ける行為は、単純にインチョル自身がそれらの集まりから抜け出るという意味でなく、インチョルの意識が成熟したことによる変貌を象徴していると見ることが出来る。とんがり帽子を木に掛けるという行為は、自身が精神的に成長する以前の過去の自我から完全に抜け出たという象徴である。

このように『日月』の主題的指向は、インチョルが〈白丁〉出身であるという事実の確認により、酷い社会的孤立感と自己分裂の疎外意識に陥り、その後、キリョンの存在様相の発見で、再び相対的存在認識に至るというアイデンティティの危機と克服の様相を見せていると規定することが出来る。

以上のように、本章は『破戒』と『日月』と二つの作品がモチーフ上の類似性に拘わらず、各作家の主題形象化の意図によって、作品内的意味と人物達の存在様相そして主題的指向点等がどのような対比的側面を持っているのかを、疎外論的観点から検討して見たものである。

注

（1）しかし、このような類似性は、必ず両国の作品がお互いに影響関係にあることを必須の前提にするということではない。

（2）モチーフとは、素材、動機、話素という意味があるが、本章では、小説の中で「いちばん中心になる素材」という意味で用いている。『破戒』のモチーフは、被差別部落民であり、『日月』のモチーフは、〈白丁〉である。

（3）鄭文吉『疎外論研究』（一九八〇年、文学と知性社、183頁。8行目から間接引用）。原文韓国語。訳はすべて筆者による。

（4）『文芸読本　島崎藤村』（昭和55年〈一九八〇〉河出書房新社、34頁）

（5）『新韓国文学全集〈14〉黄順元選集』（一九七九年、語文閣）。原文韓国語。以下『日月』の引用はすべてこの本からによる。訳はすべて筆者による。

（6）掘井哲夫「破戒」（『一冊の講座』昭和58年〈一九八三〉有精堂出版、75頁）

（7）『世界思想辞典』（一九七六年、大洋書籍）参照。

（8）筆者が本章で言おとしている決定論は、世界においての一体事象、特に人間の意志がある外部的力によって決定されるという主張である。このような決定論の文学的表現がまさに自然主義で、世界に対して自我の意志がある外的力によって決定されるという点では同じである。又存在論は、現実社会の中で自分自身の根元的存在様式を問題にし、本来的存在にも自己を投企する人間的現存在の存在様式を包括するものとして、実存主義的要素をもっている（注（7）、28―29頁、294頁、参照）。

（9）全ての認識を自我に還元しようとする努力をこの用語で表現しようとする。実存主義によれば、即自に該当する。

（10）自我を他人との関係の中で把握する努力を、この用語で表現する。実存主義によれば対自に該当する。

（11）自然主義者の小説は、自然科学者がもっている最大の客観性としての遺伝、環境によって決定される生物としての新しい人間観を提示しようという、試図を持っているということができる。

（12）平野謙「破戒」（『島崎藤村全集別巻』昭和58年〈一九八三〉筑摩書房、279頁）

（補）

黄順元（一九一五～二〇〇〇）　小説家・詩人である。一九一五年、平南大同にて生れる。一九三九年に日本早稲田大学英文科を卒業した。一九三一年、『東光』に詩〈私の夢〉、〈息子よ、こわがらなくてもいいよ〉などを発表して文壇にデビューした。その後、〈春の歌〉、〈七月の追憶〉などを発表し、処女詩集『放歌』を刊行した。一九三五年『三四文学』同人として活躍しながら、二冊目の詩集『骨董品』を刊行した。また、同人誌『創作』を刊行しながら、『断層』の同人として主にモダニズム系統の詩を発表した。一九四〇年、短編集『沼』や『黄順元の短編集』などの刊行を機に小説に力を注いだ。以後、「星」「影」「キロギ」などの短編を書いた。一九四五年以後、短編「曲芸師」「命」「寡婦」などと、詩〈郷愁〉、〈済州島の言葉〉などを発表した。

短編集『キロギ』・『曲芸師』を刊行した。一九五三年、長編「カインの末裔」を発表して、一九五五年にアジア自由文学賞を受賞した。以後、短編「ヒトデ」「明日」「驟雨」などと、長編「人間接木」「木々が斜面に立っている」（芸術院賞受賞）、「日月」（3・1文学賞）、「動く城」、「神達のサイコロ」（大韓民国文学賞受賞）などを発表した。黄順元の小説の特徴は、叙情的で繊細で、しかも、簡潔で緻密な構成の文章でもって人間の本質を追求し、生きることの意味と向かって行く未来を提示したところにある。（『韓国文芸辞典』、語文閣編輯部編、語文閣、一九九一年、660頁。原文韓国語。訳はすべて筆者による）

島崎藤村の『家』と廉想渉の『三代』との比較研究

一　はじめに

『三代』は廉想渉《ヨムサンソプ》が(補)一九三〇年代の韓国の中産階級を描いた家族小説で、昭和6年〈一九三一〉1月1日から9月27日まで朝鮮日報に二百十五回連載された長編小説である。

韓末時代の保守的性格を表している祖父、植民地時代の進歩性を表している父、そして家のために自分の将来を閉ざされてしまった孫、という安定した構図の中でそれぞれの葛藤と世代間の断層と対峙が無理なく描かれている。儒教伝統社会から日本の植民地統治を経て、近代社会に変貌しようとしている現実を描いた作品である。

『家』は島崎藤村が明治42年〈一九〇九〉に日本の地方の二大地主の没落過程での構成員達の葛藤の様相を国の近代化の波に影響された様相と共に描いた小説である。

本章では、国も違い執筆時期にも差がある二作品を中心に、登場人物の性格、時代背景などを比較分析して共通点と相違点を明らかにすることによって、これらの作品の真の意味を探るのが目的である。また、日韓近代小説の中での『家』と『三代』との影響関係も明らかにしたいと思う。

先行研究としては、李《イ》在洪《ジェホン》の「日韓の近代文学に現われた「旧い家」の崩壊―『家』と『三代』を中心に」（平成3年〈一九九一〉12月、東京大学大学院総合文化研究科修士論文地域文化専攻、日本・韓国）と盧《ノ》英《ヨン》姫《ヒ》の「島崎藤村の『家』と廉想渉の『三代』―家の束縛と崩壊を中心に―」（『比較文学研究』昭和60年〈一九八五〉10月、東大比較文学会）とがある。盧は、その論文の中で、

> 藤村は『家』では、〝家〟の崩壊をもたらした原因としての西洋を問題としているが、この点は想渉の『三代』でも同様である。小論では、その西洋的要素として『家』の「黒船の図」と『三代』のキリスト教との例をあげた。この二つは、各々の作品の中でマイナスのイメージをもつものとして描かれている。西洋文明の到来によって崩れていく〝家〟に対して二人の作家は、一見解放を待ち望むようでありながら、それでも結局は寂しい情感をもって物語を終えている。〝家〟とは束縛であり、しかもまた保護を与えてくれるものである。異国に生活して故郷の快よさを思うごとく、重圧としての〝家〟は、その存在の失われた時に、はじめて懐かしさの対象となるのであろう。そこに示されている情感は彷徨のあげく帰ろうとする作中の主人公たちと同様、伝統の家への回帰を求める作家自身の源泉の感情でもあるかと思われる。

といって論文を結んでいる。また、李の論文は、共通点として「叙事的三段連鎖構造、世代間の様相、開国以来の近代化の流れによる社会環境」を挙げており、相違点として次の六点をあげている。

①『家』が自分の親戚の家族問題を中心に描いている反面、『三代』では、一般家庭の家族問題を扱っている。
②家族問題の内情暴露は日本の小説だけに見られる。
③『家』の登場人物は受動的な行動規範を見せている反面、『三代』は能動的である。
④父子の対立は、『家』では激しさが見えないが、『三代』では激しく衝突している。
⑤『家』の場合、後継者は自分の意思で家を出ているが、『三代』では、父親によって追い出される。
⑥『家』では、外来文明の象徴として黒船をあげているが、『三代』ではキリスト教をあげている。

またその他に、それぞれ一家の変容の背景に、近代社会における根本的な矛盾の投影にも言及している。両論文とも家の没落という観点からのものである。

私は『家』と『三代』の主題を伝統家族の没落とは見ない。『家』は地方の地主の二大家族が没落はするが、それは若い三吉夫婦によって新しく建設されるのであり、『三代』においては結局孫のドッキが趙《チョ》家を継承していくと見る。本章でもこのような観点から論究していくつもりである。

二　『家』における伝統家族の様相と新しい家の建設

橋本家には、家長の達雄、その妻お種、息子正太、その妻豊世、それに脳に障害のある娘お仙がいる。達雄は代々家に伝わる放蕩の血のため家を出、芸者と一緒に東京・名古屋・神戸と転々し、結局満州へ渡ってしまう。達雄を捜しに行った森彦に「自分は何もかも捨てたものだ――妻があるとも思はんし、子があるとも思はん――後は奈何成つても関はないツて。」（藤村4・162頁）と達雄はいう。しかし、お種は何処までも夫を信じて待つ。三吉に思い切るように言われても、「三吉――お前はそんなことを言ふが、どうしても私は思ひ切れんよ。」（藤村4・376頁）といって心細そうに笑うだけである。そして、何時までも夫の帰りを待ち、息子の成功を願う妻であり母である。正太も上京したときは、「早く東京で家を持つやうに成らう、」（藤村4・197頁）と思うのであるが、結局家の放蕩の血のため何をやってもうまくいかず、芸者遊びの果てに名古屋で死んでしまう。小泉の家でこれらの三人とは対照的なのが豊世である。豊世は東京に出て就職をして自分で生活をしながら姑を養うし、実家からの「帰つてこい」と言うのにも従わない。あくまでも夫を待つ。そして、家族達にも「今迄の家風は皆なが言ふことを言はなさ過ぎたと思ひますわ。（中略）母親さん、これから皆なでもつと言ふことにしようぢや有りませんか。」（藤村4・325頁）と言い、お種のような絶対服従の生き方はしない、と決心するような近代女性の一面を見せている。東京でももう一度二人の新しい家を造ろうと努力するが正太の死によって、豊世にとっての新しい家は実現しない。お仙は達雄の放蕩の証しであり、お種の運命を象徴している。

一方、小泉家には、家長の実とその妻お倉と子供達、次男の森彦とその家族、三男で放蕩の結果得た病気のため精神に支障をもっている宗蔵、そして四男の三吉とその妻お雪と子供達がいる。実は没落した家を興すために東京に出て事業をするが、悉く失敗し入獄までするが、家長の威厳だけはいつも保っていて周りを苦しめる。そして、結局達雄のいる満州へ行く。妻のお倉は自立の意志のないま昔の盛んであった頃の小泉家の話をするだけで、経済的に破綻していく小泉家を何もせずただ傍観しているだけだ。次男の森彦は家族を故郷に残したまま東京で事業をしているが何をしているのか誰も知らない。しかし、実の家族を陰で支えており、小泉の家で事実上の家長の役割をしているのは森彦である。宗蔵は家の陰湿な血の象徴であり、他の兄弟達にとってはお荷物である。これらの兄弟の中で一番伝統的な家の影響を受けていないのが三吉である。三吉は幼いときに故郷を離れて東京で生活しているので近代的思考の持ち主で、自分の世界や生活を持っている。第一に、三吉は、伝統的家族制度に縛られない独立した家を築こうとした。兄の森彦にも、

吾儕は長い間掛つて、兄弟に倚凭ることを教へたやうなものぢや有りませんか……名倉の阿爺なぞに言はせると、吾儕が兄弟を助けるのは間違つてる。借金しても人を助けるなんて、其様な法は無いといふんです。(藤村4・295頁)

といって、兄への援助をやめるように言う。第二に、達雄や正太の放蕩を先祖から流れている血のせいにしているお種や豊世の考えに疑問をいだく。「女の方の病気さへなければ、橋本親子に言ふことは無い――それが彼の人達の根本の思想です。だから、彼様して女の関係ばかり苦にしてる。まだ他

に心配して可いことが有りやしませんか。」（藤村4・283―284頁）といって女達の考えの狭さを嘆く。そういう女達の考えが却って男達を駄目にしていると言わんばかりである。第三に、三吉は新しい家を造ると決心している。「まあ旧い家から出た芽のやうなものさネ。皆な芽だ。お互いに思ひ〳〵の新しい家を作つて行くんだネ。」（藤村4・303頁）と正太に語る。そして、夫と妻の心の顔が本当に合う日の来た時、新しい家は出来る、と三吉は思う。男中心の家庭でなく男女が中心になった家の建設である。それは男と女が最大限に譲歩した時に出来るのではないだろうか。「二人は最早離れることも奈何することも出来ないものと成つて居た。お雪は彼の奴隷で、彼はお雪の奴隷であつた。」（藤村4・370頁）というように新しい家の基盤は出来たと言える。

また、『家』ではすでに近代的システムによって新しい家を建てた橋本家を描いている。一同炉辺に集まって食事をすることは昔と全然変わらないが、番頭も手代ももう主従の関係ではなく月給の為に来ているのである。又、橋本家の養子である幸作は、達雄の失敗に懲りて、今までのやりかたを改めて、暮らしも詰め、人も減らした。賑やかな炉辺よりも薬を売り広める事を考えた。この様な新しい橋本家の生活や鉄道の開通はどれも近代の象徴であった。また、達雄と実が満州に渡ったのは、没落した旧家の再建という希望の表れではないかと考える。

三 『三代』における伝統家族の様相と家系の継承

大地主で財産家の祖父チョ・ウイクワンは両班《ヤンバン》（高麗・朝鮮時代に社会的に支配的身分階層を形成した官僚組織）になるため族譜までも買ってしまうぐらい、体面と形式を重んじる封建的人物であり、旧世代を代表する人物である。

とにかく、四〇〇〇ウオンで先祖の神主を奉るように××趙氏として大同譜所の表札をいただいてきて大きな門前に掲げて××趙氏家門の本家が自分であるようにして、族譜にまで記述してしまうと、今度は××趙氏の中始祖の〇〇堂祖父の墓が何百年もの間ほったらかしにしておいて荒れてしまっているので、もう一度きれいにして其の横に墓幕より大きい、昔風でいうなら書院のようなものを建てようという相談がもちあがった。(1)（『三代』・81頁）

父チョ・サンフンは、新しい時代の主役で教育と教会事業に力を入れる知識人である。しかし、反面、先輩であり、同志である人の娘を妾にしている、という二重人格者である。この様な父ドッキは、

特別な動機があってということではなく、二、三〇年前、新しい考えの青年達が封建社会を倒そうとした時、だれでもそうしたようにサンフンも若い志士として志を同じくしたが、政治的に道が閉ざされてしまうと教団の方に集ってしまった結果が、今日宗教家としての第一歩であった。

しかし、それもある時期にそこから抜け出ていたら彼が思想的にも新しい時代に活躍できただろうし、実生活においても自分の性格に合った順調な道を歩んだと同時に偽善的二重生活の中で悩まなくてもよかったであろうに。（『三代』・35―36頁）

と思うのである。サンフン自身も、

（私も）現実を知らないわけではない。しかし私が生きてきた時代とお前達の時代相との帰一点を探そうというものだ。簡単にいえば、お互いの思想の合致した、いわゆる「第三帝国」の実現を願っている。お前達の時代は一歩進んでいるし、私の時代はそれだけ後れているのは事実だ。しかし、君たちの時代からもう一歩進むと其の時は、ついに、私が今もっている思想のある一部分でも必要とされる日が来るかもしれない。私はそれを信じて模索している。（『三代』・36頁）

と言い、真摯な一面をみせている。反面、社会奉仕をしようと思うが、祖父チョ・ウイクワンの莫大な財産を利用して愛欲に溺れてしまう。無理矢理チョ・サンフンの妾にされたホ・ギョンエは、ドッキに向かって、

「（我が子を）戸籍に入れてくれたとでもいうのか。キリスト教徒―牧師は、そんな娘はいらないと、チョ氏の家柄を汚すから、当然そういうことなんでしょ。」（『三代』・55頁）

と吐き捨てるように言う。ギョンエの顔には殺気が瞬間的によぎる。

チョ・ウイクワンの孫であるチョ・ドッキは、京都の三高に通っている知識青年で民族意識や社会

意識において公平さを保ち、正義感を持っているが、勇気がなくて、消極的で逃避的反応しか表すことの出来ない優柔不断な人物である。そして祖父の命令に背くことも出来ない。

「やりかけの勉強を途中でやめることができますか。わずかあと一カ月で卒業なんですから。」

「勉強が重要なのか。家のことが重要なのか。それも、お前がいなくてもいいことならいいんだが。私が死んだらこの家がどうなってしまうのか、お前もいくら若いといっても考えてごらん。卒業でもなんでも全てあきらめてこの鍵を預からねばならない。この鍵ひとつにお前の一生がかかっているし、家運もかかっている。お前はこの鍵をもって祠堂を守らなければならない。お前に預けていくのは祠堂と鍵、この二つだけ。その他の遺言などは必要のないものだ。いままで勉強させたのもこの二つを守っていくためのものだった。(『三代』・254頁)

結局祖父の強引な決定によってドッキは鍵と祠堂を守っていく。

一方、貧しいキリスト教徒の息子であるキム・ビョンファは、キリスト教を強要する父親のため家を出て行く。観念的な社会主義者として独立運動にも拘わる。ドッキの生き方には反発を感じながらも資金援助は受けている。独立運動家の娘でチョ・サンフンの犠牲になったホン・ギョンエと一緒に、社会主義運動へ間接的に加担する。

チョ・ドッキの家は、祖父の死で道徳的に荒廃する。チョ・ドッキは祖父から貰った鍵と家門と財産を守ろうとする。が、家族の財産分配をめぐる陰謀と祖父に対する毒殺の容疑で検挙される。

チョ・サンフンは、チョ・ウイクワンの死後、財産を使って放蕩な生活をしたが、結局検挙されてしまう。一方、キム・ビョンファは、独立運動家ピ・ヒョクがくれた秘密資金で、ホ・ギョンエと一緒に、食料品店を開くが、テロに遭い入院してとうとう死んでしまう。

疑いがはれて監獄から出てきたチョ・ドッキは、遺産問題と家族の問題を処理する。そして、変遷する時代に対しての、持てない者（貧者）に対する持てる者（金持ち）としての自覚を見せる。

『三代』では、韓末時代の人であるチョ・ドッキの祖父と開化期世代でキリスト教信者のドッ・キの父との葛藤の凄まじさを見せている。又、ドッキの友達で社会主義者であり独立運動をしているビョン・ファとその父親との葛藤も又しかりである。そんな中で、ドッキは、内面では反発しながらも結局、チョ家を無理なく継いで行き、また友達ビョンファのためには陰で資金援助をする、というように植民地世代の人々の葛藤が浮き彫りにされていると言える。

四　『家』の『三代』への影響について

韓国が日本から影響を受けた、リアリズムと自然主義の様相は、次の七種類に要約される。

1　大正8年〈一九一九〉に創刊された『創造』が出た以後の小説は、私小説形式をとっている。

2　露骨な描写、玄鎮健《ヒョンジンゴン》の『蹂躙』と岩野泡鳴の小説。

3　自然科学的方法を使いながら、「かえるの解剖」という部分的なものに終わってしまっており、その全体をみる限り西欧のリアリズムと自然主義と韓国のそれらとは、かなり距離がある。廉想渉の『標本室の青がえる』など。

4　短編小説が多かった。これは、国木田独歩の短編小説の影響が強かったという。また、当時日本ではモーパッサンの短編翻訳が多かったのでその影響もあったかと考えられる。

5　表現の技法の面でも、田山花袋の「平面描写編」と岩野泡鳴の「一元描写論」に根拠をおいて、金東仁《キムドンイン》が一元描写とか純客観描写などを唱えたのではないかと言われている。

6　島崎藤村との影響関係を見てみると、玄鎮健の『B舎監とラブレター』（大正13年〈一九二四〉）の源泉として藤村の『老嬢』を挙げている。主に主題と題材の面が、である。

7　『三代』は日本の作家としては、藤村の『破戒』『春』『家』、田山花袋の『蒲団』『生』『田舎教師』などから構成、取材対象、手法、平面描写、性欲描写、などにおいて類似性を見せている。[2]

これらの理論については、その後これ以上の発展は見られない。私はこれらを参考にして、手法の側面から『家』の影響を『三代』に見てみる。

廉想渉は、『文芸公論』（昭和4年〈一九二九〉）の中の「私と『廃墟』時代」という文章の中で、「我国の文壇に自然主義文学が樹立されたのは、決して意識的に造作したものでも輸入したものでもない。勿論我国がヨーロッパやアメリカの文学、それに日本文壇の影響を受けたのは否認するものではない、当時の日本文壇が自然主義の爛熟期であったことも事実であるが、作品が模倣できるものでない以上、輸入や作為で一つの傾向が形成されて登場するものではない。」(3)と言って日本の自然主義の影響を認めている。又、「文学少年時代の回想」(4)でも、日本の自然主義の全盛時代に代表作家達の作品から思潮面や手法面において、少なからず影響を受けたと言っており、「文学修行の初期には『早稲田文学』が文学知識の啓蒙書であった」と語っている。したがって、廉想渉は日本の自然主義の影響を受けていたと言っている。

そもそも日本の自然主義は当初から家の問題に直面していた。それは、徳田秋声の『犠牲』や正宗白鳥の『何処へ』、田山花袋の『生』『妻』『縁』など周知の通りである。

廉想渉が戦前日本にいたのは、大正元年〈一九一二〉9月10日（十五歳）から大正9年〈一九二〇〉1月（二十三歳）までの間と昭和元年〈一九二六〉（二十九歳）から昭和3年〈一九二八〉（三十一歳）の間の二回である。二回目の渡日中、次の様な文章を書いている。

我々は技巧と表現の面では、（日本から）学ぶことが沢山ある。（中略）繊細な描写と精緻な技巧と綿密な観察はいくらでも習う価値がある。しかし、凝滞したり模倣したりしてはいけない。(5)

また、習作の末、自身の創作が結局リアリズムの精神と方法に根拠を置かなければならないことを認識したことを述べる文章がある。

作家の目とは作家の主観である。写実主義は主観主義ではない。しかし、純粋な客観主義でもない。主と客を分裂してみるのではなく、客を主と一緒にみるのが写実主義だ。（中略）客と主が渾然と一体となるところに名味がある。（中略）対象（客体）の内部で自己の生命――自己の個性が活躍することによって対象を生命化してもう一度自己の心境を客観化することによって、対象と自己が切ろうと思っても切れない密接な関係に合体するとき、そこに写実的に生動感のあふれたいきいきとした作品が生まれるのである。(6)

として、この手法を『三代』に生かした。次に水本精一郎の見解を述べる。

藤村文学の骨格の太さということがよくいわれるのは、（中略）自己自身の立場をたしかめ、内部の矛盾を省察することによって外界の問題を考えるという、内部を外界との関連で捉えている点にそれはあるのだ。（中略）すべての人物の内面を作者の主観で統一的にぬりつぶしながら、一方それを客観化することによって、主観との密着をさけている点、「家を建築する」というように客体物を取り扱うような表現をとらせた所以でもある。（中略）かくして、藤村は、「家」における方法をさぐりあてた。つまり様々な要素が混在している現実の事象の中から自己の内面の問題に対するものだけを拾い出し、又逆に個々の事象を作者の内面の問題で解釈し、意義づけを行いながら、外界（環境）を構築していくと共に、その外界から侵入してきた問題に苦悩する内面の世界を描出する方法を用いたのであった。これは、統一的な視点において集約されねばならなかったし、従って強力な作者の主体が要求されるのである。(7)

「内」と「外」との統一の主体が要求されるという藤村の手法について、水本は端的に述べている。廉は『三代』を書くまで、家についての作品は書かなかった。これは、私の想像であるが、廉は、前記したような、二度目の渡日の際、小説の技巧面を学び、これを具現化するのに一番いい方法として家の問題をテーマに作品を書こうとし、『三代』を書いたのではないかと考える。

五　おわりに

明治時代になって資本主義の導入により貨幣経済が発達した。これは封建社会での家からの解放を意味していた。しかし、実際には家父長制や因習が残存しており真の意味での個人の自由は得られなかった。作家達は個人の自由や自我の覚醒のために色々な方法を駆使して作品を書いた。藤村も『破戒』で身分差別の問題を提示しながら、覚醒《めざ》めた者の悲しみを描いたが、問題の解決までには至らなかった。しかし、『家』では三吉夫婦によって家制度に縛られない夫婦中心の家を築こうとした。三吉は普段でも兄弟のために自分の生活を犠牲にするということを否定してきた。そして、長い歴史のある小泉の家は、滅びたという認識をする。

そして新しい近代的な家は三吉夫婦、幸吉夫婦によって、実現したのではないだろうか。ただ最後の「屋外はまだ暗かつた」（藤村4・411頁）の意味するものは、作者の精神的暗さを表していると同時に夜明けの明るさを象徴していると考える。

『三代』では、日本の弾圧強化、親日と抵抗、資本主義と社会主義、保守と進歩など相反する者たちが一同に会したこの時期に、作者は、なぜドッキのような無理なく家系を継承していく人物を描こうとしたのか。それには、当時の人々の家系に対する並々ならぬ執着心を伺うことが出来る。朝鮮時代、両班しか戸籍を作ることの出来なかった人々が、開化期に来て、また、国が植民地化という状態におかれて、自己のルーツをはっきりさせるということは、最大の関心事であった。それは、作者廉想渉にとっても同じことであった。廉想渉は、新興中産階級の出であった。作者にとっても家系はとても重要なものであった。そして、家系を保存するということは、国を取り戻すための踏み台になるとも考えられた。伝統社会から植民地統治を経て、近代社会に変貌しようとしている現実を描くのに、リアリズムの手法は適切なものであったといえる。

『家』も『三代』も変動期社会における伝統家族の没落過程を描いている作品には間違いない。しかし、作品の本当の意図するところはそうであろうか。本当に没落だけを描くつもりであったのであろうか。『三代』の主人公ドッキは祖父から祠堂の鍵を引き継ぎ、財産も受け継ぐ。しかし、その胸中は、祖父はやはり、自分をこの金庫の中に閉じ込めようとしている。ドッキに一生この金庫の前から離れてはいけないと厳命した。そしてこの金庫番の生涯は、いまこの瞬間から始まるのである。（中略）おのれの一生でやらなければならない最も重大な仕事は、この金庫の開け閉めをするこ

と、祠堂の扉を開け閉めすることの二つしかないというのか？（『三代』・265頁）

ということで、とても複雑なものがある。これは三吉や正太の胸中に通じるものがある。彼らが旧い家の陰影を引きずって生きているのと同じである。それでも三吉は新しい家の建設を目指す。しかし、ドッキは何か行動を起こすわけでなく祖父の築いた家を継承していく。それは、ドッキのアイデンティティでもあるし、作者の願いでもあった。特に、一九三〇年代という日本の植民地政策が強化されたこの時点においては、『三代』は、植民地という社会的制約の中で家系の保存の重要さを浮き彫りにした作品である。一方、『家』は三吉とお雪が、幸吉夫婦が家父長制下での男性中心の夫婦でなく、同等な立場にある夫婦中心の新しい家庭を作ることを浮き彫りにした作品であると考える。

注

（1）『廉想渉全集4』（一九八七年、民音社）所収。原文韓国語。以下『三代』の引用はすべてこの本からによる。訳はすべて筆者による。

（2）金学東『韓国文学の比較文学的研究』（一九八一年、一潮閣、122頁）。原文韓国語。訳はすべて筆者による。

（3）廉想渉「私と『廃墟』時代」（『文芸公論』創刊号、昭和4年〈一九二九〉5月、文芸公論社）。原文韓国語。訳はすべて筆者による。

（4）廉想渉「文学少年時代の回想」（『文芸公論』創刊号、昭和4年〈一九二九〉5月、文芸公論社、10頁）。

原文韓国語。訳はすべて筆者による。
（5）金允植『廉想渉研究』（一九八七年、ソウル大学出版社、362頁）。原文韓国語。訳はすべて筆者による。
（6）注（5）同。
（7）水本精一郎「『家』序説―その内部の世界―」（『日本文学』16(3)、日本文学協会編、昭和42年〈一九六七〉、160―164頁）

（補）

ヨム・サンソプ（廉想渉　一八九七―一九六三）近代小説家。本名は尚渉《サンソプ》。号は霽月《ジェウォル》又は横歩《フェンボ》。ソウルで生れる。大韓帝国　中枢院参議　仁湜《インシク》の孫であり、加平郡守《カピョン》　圭《ギュウファン》桓の三男である。一九一二年渡日し、紆余曲折の果て京都府立第二中学を卒業し、一九一八年慶應義塾大学予科に入学する。翌年大阪で朝鮮独立宣言文と檄文をばらまき、デモを主導をしたとして逮捕され収監される。《東亜日報》創刊とともに政治部記者となり一九二〇年に帰国する。文芸雑誌《廃虚《ペホ》》の同人として「標本室の青ガエル（ピョボンシレチョンケグリ）」を発表し韓国近代文学の旗手となる。続いて「万歳前《マンセエジョン》」・「三代《サムデ》」「無花果《ムファガ》」・「白鳩《ベック》」などを発表した。緻密な観察と客観的な手法とでリアリズム的傾向をはっきりと表した。彼の生涯と文学の特徴は、民族的であり伝統的であり野人的であった。植民地社会を冷徹にみつめ、当時の社会の真実を描いた。

西欧近代物質文明を漸進的に受容しながらも保守的な姿勢を見せ、倫理的側面に関心を示し人間の本質を把握しようとする点などは高く評価されている。特に、リアリズム文学を確立し、植民地的現実を否定し、伝統を継承しようとする点は評価に値する。（『韓国民族文化大百科辞典15』三版、一九九三年、韓国精神文化研究院・現韓国学中央研究院、446頁。原文韓国語。訳はすべて筆者による）

初出一覧

『うたたね』創作の基底
原題「島崎藤村文学における近代性―『うたたね』を中心に―」（博士論文の一部、漢陽大学校、二〇〇一年二月）
『うたたね』の構造と意味
原題「『うたたね』の近代性」（『日本語文学』15、二〇〇一年八月）
『老嬢』のアンビバレンツ的性格
原題「『老嬢』試論」（『外大論叢』18、一九九八年二月）
「家」の空間―島崎藤村の『家』を中心に―
（『日本語文学』2、一九九六年十二月）
『夜明け前』と近代
（『外大論叢』15、一九九六年九月）
『巡礼』のナショナリズム的解釈の可能性
（『島崎藤村研究』31、二〇〇三年九月）
島崎藤村の『破戒』と黄順元の『日月』との比較研究―疎外の様相を中心に―
（碩士論文、啓明大学校、一九八四年二月）
島崎藤村の『家』と廉想渉の『三代』との比較研究
原題「変動期社会と伝統家族の没落―『家』と『三代』を中心に―」（『島崎藤村研究』25、一九九七年九月）

あとがき

著者は、若き日から島崎藤村の小説を愛読していました。そのためでしょうか、大学で韓国文学を専攻しましたが、大学院では日本の近代文学を、中でも島崎藤村の小説に関する研究で修士号と博士号を取得しました。

この本の内容で、『うたたね』に関する論文二編は、博士論文の一部を修正・加筆したものです。「『老嬢』のアンビバレンツ的性格」は、女性のアイデンティティ模索と挫折への道程を探ってみたものです。「『家』の空間」は、空間としての「家」が持っている意味を論じたものです。「『夜明け前』と近代」は、近代知識人の彷徨と苦悩をテーマにした作品を論じたものです。「『巡礼』のナショナリズム的解釈の可能性」は、藤村の小説に見られるナショナリズム的性格を推論したものです。「島崎藤村の『破戒』と黄順元の『日月』との比較研究」と「島崎藤村の『家』と廉想渉の『三代』との比較研究」は、藤村の作品世界とモチーフが類似していると見られる韓国の小説との相関性を対比してみたものです。

修士論文以外で一番古いものは一九九五年の論文で、一番新しいものが二〇〇三年の論文ですから、用語や論旨展開の方式において、少々修正を要するところがあるようにも思え、編集の過程で修正しましたが、まだ不足な点もあるかと思います。この本を読んで下さいます方々の御叱責を受けまして、また修正の機会を持とうと思っております。

島崎藤村を研究するにあたりまして、島崎藤村学会の会員の皆様方との討論は大変示唆に富むものであり、研究に活用しました。会員の方々にお礼を申し上げます。特に、去年お亡くなりになりました剣持武彦前会長をはじめ、鈴木昭一現会長、高阪薫甲南大学学長、そして、本の刊行にあたりましてお世話になりました和泉書院社長の廣橋研三氏に、心より感謝致します。

二〇〇八年七月

金　貞恵

著者略歴

金　貞恵（キム　ジョンヘ）

1950年　日本国岐阜県多治見市生

1969年　金城学院高等学校（日本国名古屋市）卒業

1977年　国立釜山大学校国語国文科卒業

1984年　啓明大学校大学院日語日文学科（文学碩士）

2001年　漢陽大学校大学院日語日文学科（文学博士）

現在　釜山外国語大学校コミュニケーション日本語学部教授

主要論文

・島崎藤村の『破戒』と黄順元の『日月』との比較研究（碩士論文）

・島崎藤村文学における近代性―『うたたね』を中心に―（博士論文）

・『家族シネマ』に表われた父親像（2004年２月、『日本語文学』）

・中上健次文学における家族の意味―『岬』を中心に―

（2002年８月、『日本語文学』）

他　日本近代小説関連論文多数

著書・訳書

・『日本近代小説入門』金貞恵著、釜山外国語大学校出版部、1998年10月30日

・『比較日本文学』金貞恵訳、釜山外国語大学校出版部、1998年10月30日

・『日本現代小説論巧』金貞恵著、世宗出版社、2005年２月28日

・『猪飼野物語』金貞恵・朴正伊共訳、セミ出版社、2006年10月30日

藤村小説の世界　　和泉選書 165

2008年８月25日　初版第一刷発行©

著　者　金　貞恵

発行者　廣橋研三

発行所　和泉書院

〒543-0002　大阪市天王寺区上汐５－３－８

電話06-6771-1467／振替00970-8-15043

印刷・製本　亜細亜印刷／装訂　井上二三夫

ISBN978-4-7576-0482-7　C1395　定価はカバーに表示